Auto de João da Cruz

Ariano Suassuna

Auto de João da Cruz

Prefácio
Carlos Newton Júnior

Ilustrações
Manuel Dantas Suassuna

♄

EDITORA
NOVA
FRONTEIRA

Copyright © 2021 Ilumiara Ariano Suassuna
Copyright das ilustrações © 2021 Manuel Dantas Suassuna

Direitos de edição da obra em língua portuguesa no Brasil adquiridos pela Editora Nova Fronteira Participações S.A. Todos os direitos reservados. Nenhuma parte desta obra pode ser apropriada e estocada em sistema de banco de dados ou processo similar, em qualquer forma ou meio, seja eletrônico, de fotocópia, gravação etc., sem a permissão do detentor do copirraite.

EDITORA NOVA FRONTEIRA PARTICIPAÇÕES S.A.
Rua Candelária, 60 — 7º andar — Centro — 20091-020
Rio de Janeiro — RJ — Brasil
Tel.: (21) 3882-8200

Imagens de capa: Manuel Dantas Suassuna

Dados Internacionais de Catalogação na Publicação (CIP)
(Câmara Brasileira do Livro, SP, Brasil)

Suassuna, Ariano, 1927-2014
    Auto de João da Cruz / Ariano Suassuna; ilustrações Manuel Dantas Suassuna; prefácio Carlos Newton Júnior. – 1. ed. – Rio de Janeiro: Nova Fronteira, 2021.
    192 p.

ISBN 978-65-56401-95-9

1. Ficção brasileira I. Suassuna, Manuel Dantas. II. Newton Júnior, Carlos. III. Título.

21-59830   CDD-B869.3

Índices para catálogo sistemático:
1. Ficção : Literatura brasileira B869.3
Maria Alice Ferreira - Bibliotecária - CRB-8/7964

Ao professor Murilo Guimarães, em reconhecimento de tudo quanto lhe devo e com toda a minha amizade.

A.S.

SUMÁRIO

Um Fausto sertanejo   9

Auto de João da Cruz   20

Nota Biobibliográfica   194

UM FAUSTO SERTANEJO
Carlos Newton Júnior

O tema do pacto com o diabo, na literatura universal, é tão antigo quanto recorrente. Remonta, ao que tudo indica, a narrativas medievais, em boa parte de autoria desconhecida ou duvidosa, e muitas delas certamente baseadas na tradição oral. Entre as histórias medievais compiladas por Hermann Hesse nas primeiras décadas do século XX, há uma, de autoria do monge alemão Cesarius von Heisterbach (c. 1180–c. 1245), na qual dois pactários trazem costurados, debaixo das axilas, entre a pele e a carne, o contrato em que se prometeram ao demônio e por força do qual eram indestrutíveis.[1]

A primeira versão literária da lendária figura de Fausto — o mais famoso pactário de que se tem notícia — encontra-se numa recolha de textos alemães de domínio público, o *Livro Popular*, cuja primeira edição é publicada em 1587, em Frankfurt am Main, cidade natal do escritor Johann Wolfgang Goethe. Esta versão servirá como ponto de partida para duas célebres peças de teatro, *A Trágica História do Doutor Fausto* (c. 1592), de Christopher Marlowe, dramaturgo inglês

---
1 HESSE, Hermann. *Histórias Medievais*. Trad. Lya Luft. 2ª ed. Rio de Janeiro: Record, s.d., p. 51-54.

contemporâneo de Shakespeare, e o *Fausto* (1808),² de Goethe — peça a partir da qual o personagem alcançará o prestígio de que ainda goza em nossos dias. Na prosa de ficção, dois romances publicados no século XX bastariam para corroborar a importância do tema, ainda no campo da literatura erudita: o *Doutor Fausto* (1947), de Thomas Mann, e o *Grande Sertão: Veredas* (1956), de João Guimarães Rosa.

No Brasil, o tema também irrigará o solo da literatura popular, ora com contos da tradição oral, como "O Diabo e o Fazendeiro", recolhido por Mário Souto Maior em *Território da Danação*,³ ora com folhetos da literatura de cordel, a exemplo de *O Estudante que se Vendeu ao Diabo*, de João Martins de Athayde, ou *O Matuto que Vendeu a Alma ao Satanás*, de José Costa Leite. E lembra-nos Câmara Cascudo, no seu indispensável *Dicionário*,⁴ de todo um "ciclo do demônio logrado" já estabelecido na classificação brasileira do conto popular, o que nos remete a histórias em que, no final, o pacto é de alguma forma descumprido pelo pactário, após este ter recebido alguma dádiva do diabo — caso, aliás, do conto acima referido,

---

2 Data da publicação da "Primeira Parte" da obra. A "Segunda Parte" só será publicada em 1833, após a morte do autor. Ver THEODOR, Erwin. Prefácio. In: GOETHE, *Fausto*. Trad. Jenny Klabin Segall. 2ª ed. Belo Horizonte: Itatiaia, 1987.
3 SOUTO MAIOR, Mário. *Território da Danação*: O Diabo na Cultura Popular do Nordeste. Rio de Janeiro: Livraria São José, 1975, p. 31-33.
4 CASCUDO, Luís da Câmara. *Dicionário do Folclore Brasileiro*. 7ª ed. Belo Horizonte: Itatiaia, 1993, p. 292.

em que o diabo limpa o roçado do fazendeiro e termina sem ganhar nada em troca.

É a esta rica tradição, de dupla linhagem (uma popular e outra erudita), que se vincula a peça *Auto de João da Cruz*, de Ariano Suassuna, cuja primeira versão data de 1950. João da Cruz é um pobre carpinteiro de Taperoá que, para mudar de vida, termina fazendo um pacto com o diabo — ou com um representante deste, para sermos mais exatos. A peça rendeu a Suassuna, ainda em 1950, o prêmio Martins Pena, em concurso promovido pela Secretaria de Educação e Cultura de Pernambuco.

Com o *Auto de João da Cruz*, Suassuna, que então cursava o último ano da Faculdade de Direito do Recife, chegava assim a seu quarto texto para teatro, após *Uma Mulher Vestida de Sol* (1947), *Cantam as Harpas de Sião* (1948) e *Os Homens de Barro* (1949). Sua produção no campo teatral, até então, vinculava-se ao Teatro do Estudante de Pernambuco (TEP), ao qual o autor se ligara em 1946, ano do seu ingresso na Faculdade. Todas essas peças, produzidas no seu tempo de estudante, irão passar por um processo de reescritura nos anos subsequentes, notadamente após o *Auto da Compadecida* (1955), obra que representa, sem dúvida, a maturidade absoluta e indiscutível do autor no campo da literatura dramática.

Assim, à exceção de *Cantam as Harpas de Sião* — montada pelo TEP em 1948 e por grupos amadores do Rio Grande do Norte e da Paraíba, em 1951 e 1955, respectivamente —, nenhuma delas será encenada ou editada em livro a partir da primeira versão. *Uma Mulher Vestida de Sol* e *Cantam as Harpas de Sião* foram reescritas em 1958, tendo a última mudado seu título para *O Desertor de Princesa*. A primeira edição de *Uma Mulher Vestida de Sol* data de 1964, e sua primeira "montagem" somente ocorrerá para a televisão, em 1994, num especial da Rede Globo dirigido por Luiz Fernando Carvalho. O texto de *O Desertor de Princesa*, por sua vez, permaneceu inédito por sessenta anos, até ser incorporado ao *Teatro Completo* do autor, editado em 2018. A peça *Os Homens de Barro* foi reescrita muito tempo depois das duas anteriores, em 2003, mas ainda assim antes de sua primeira edição em livro, que só viria a público em 2011.

Quanto ao *Auto de João da Cruz*, a data da reescritura permanece incerta, uma vez que não há qualquer registro dela no datiloscrito da segunda versão. Tudo nos leva a crer, porém, que a reescritura se deu também após o *Auto da Compadecida*, provavelmente após o êxito por esta alcançado em janeiro de 1957, com a premiação no Primeiro Festival de Amadores Nacionais, no Rio de Janeiro. O certo é que a primeira montagem do *Auto de João da Cruz*, levada a palco pelo Teatro do Estudante da Paraíba, sob direção de Clênio Wanderley (o mesmo diretor da premiada montagem do *Auto da Compadecida*), e que participou do Primeiro Festival Nacional de Teatros de Estudantes, no Recife, em julho de 1958, foi realizada já a partir da segunda versão da peça — a mesma que ora se publica, e pela primeira vez de forma autônoma, vale lembrar, uma vez que, até agora, o texto só havia sido publicado na edição do *Teatro Completo*, anteriormente citada. É importante registrar, ainda, que, após aquela primeira montagem do Teatro do Estudante da Paraíba, de caráter amador, o *Auto de João da Cruz* somente voltará aos palcos em janeiro de 2020, desta feita em sua primeira montagem profissional, realizada pela companhia de teatro OmondÉ, do Rio de Janeiro, sob a direção de Inez Viana.

Originalmente escrita em versos decassílabos, à exceção das breves passagens em que um cantador apresenta seus "romances" em sextilhas,[5] a peça encontra-se, na segunda versão, em prosa e verso, inteiramente retrabalhada do ponto de vista da carpintaria teatral e com uma nova personagem, Regina, que assume as falas do Coro da versão anterior e revela-se assim de grande importância na trama e na salvação final do protagonista João da Cruz. A inclusão de Regina e o seu papel no julgamento de João da Cruz, aliás, é um dos indícios que nos leva a supor que a peça foi reescrita após o *Auto da Compadecida*. No tocante aos versos da primeira versão, muitos permaneceram na segunda, ora agrupados em estrofes, ora inseridos em meio à prosa, inclusive divididos entre as falas de mais de

---

5 "Sextilha" ou "repente" é a estrofe mais usada no campo da poesia improvisada dos cantadores nordestinos e nos folhetos da literatura de cordel. Trata-se de uma estrofe de seis versos de sete sílabas, rimadas em ABCBDB.

um personagem, como aliás já ocorria. Poderíamos dizer, em síntese, que, ao reescrever a peça, Suassuna transforma aquilo que a rigor seria classificado como um poema dramático num texto verdadeiramente teatral, ou seja, num texto com maior potencial para ser levado a palco, sem contudo renegar a sua versão anterior. Tanto isso é verdade que o autor preservou, numa pasta de inéditos, os originais em datiloscrito da primeira versão (o que não costumava fazer quando reescrevia suas peças), certamente convencido do valor do texto para compor uma futura reunião de sua obra poética.

Assim como ocorreu com outras peças do autor, o *Auto de João da Cruz* foi escrito a partir de uma reelaboração erudita de histórias populares, todas, no caso, extraídas da literatura de cordel. E, como de praxe, o autor revela, nas explicações que antecedem o texto teatral propriamente dito, quais romances populares nordestinos lhe serviram de fonte para a composição de sua peça: a *História de João da Cruz*, a *História do Príncipe do Reino do Barro Branco e a Princesa do Reino do Vai-não-Torna* (também publicada com o título simplificado de *O Príncipe do Barro Branco*) e *O Príncipe João Sem Medo e a Princesa da Ilha dos Diamantes*, indicando ainda, como "autores ou divulgadores" dos respectivos folhetos, os cordelistas Leandro Gomes de Barros, Severino Milanês (ou Milanez) da Silva e Francisco Sales Areda. A ressalva feita acima, entre aspas, é de grande importância, uma vez que a autoria, no campo da literatura de cordel, é muitas vezes controversa, inclusive porque a imitação era considerada, por alguns cordelistas, um processo normal de criação. "Longe de ser uma literatura sem autores, o cordel recairá mais no caso inverso, pois existem diferentes autores para um mesmo folheto", afirmou a professora Julie Cavignac, em minucioso estudo sobre a literatura de cordel nordestina.[6]

Das nove estrofes incluídas no texto, a modo de epígrafes, não por acaso sete foram extraídas da *História de João da Cruz*, de Leandro Gomes de Barros, e apenas uma de cada um dos outros folhetos anteriormente citados. De fato, dos três folhetos, a *História de João da Cruz* é a que fornecerá mais elementos para a trama de Suassuna e a construção do seu personagem, a começar pelo nome. Ressalte-se, porém, que na *História de João da Cruz* o protagonista não faz nenhum pacto com o diabo. O que o leva à condenação no julgamento celestial — sentença depois revertida graças à intervenção de Nossa Senhora, com o adjutório de São Miguel — é o ateísmo professado durante boa parte de sua vida, com o agravante da desobediência a seus pais, que sempre o exortaram à crença em Deus.

De *O Príncipe do Barro Branco*, o único elemento aproveitado é o cavalo mágico, que, no *Auto de João da Cruz*, é "um demônio disfarçado", dado de presente a João da Cruz para auxiliar na sua perdição. De *O Príncipe João Sem Medo e a*

---

6 CAVIGNAC, Julie. *A Literatura de Cordel no Nordeste do Brasil*: Da História Escrita ao Relato Oral. Trad. Nelson Patriota. Natal: Editora da UFRN, 2006, p. 101.

Princesa da Ilha dos Diamantes, por sua vez, o único elemento utilizado é o nome "João Sem Medo", que João da Cruz receberá, na peça, ao renunciar ao seu. Poder-se-ia pensar, também, que as cenas em que João Sem Medo é narcotizado, para não se encontrar com a princesa que ele salva de um cruel encantamento e com quem depois virá a se casar, estaria na origem das cenas em que João da Cruz, por influência dos poderes infernais, encontra-se esquecido do seu passado. Em certo momento, na peça, João da Cruz cheira um girassol que traz na mão, em atitude sonhadora, e um dos métodos para fazer João Sem Medo dormir, no folheto, é fazê-lo cheirar uma rosa com narcótico.

Que o elemento moralizante da peça de Suassuna não nos leve à interpretação — por demais simplista — do conformismo cristão. Não há mal algum em um pobre querer mudar de vida, muito pelo contrário, desde que para tanto se valha, obviamente, de meios lícitos e moralmente aceitáveis. A ânsia de João da Cruz, porém, não é pela simples melhoria de vida, mas pelo poder, um poder cada vez maior e absoluto, que possa ser exercido à revelia de tudo e de todos, e é isto que o levará a se valer das forças infernais. Nascido pobre, filho de carpinteiro e carpinteiro como o seu pai, insatisfeito com o trabalho que lhe dá casa, cama e comida, pois, para ele, "a casa é pobre, a cama é dura e a comida é pouca", João da Cruz deseja "possuir o mundo", sonha "com o poder do mundo inteiro". "Esta é minha esperança mais secreta. Hei de conquistar o mundo e tudo o que ele pode dar" — afirma João, em certa passagem, ao Cego, o demônio que o tenta.

Um pouco antes desta última fala, já afirmara ele, em um monólogo escrito em versos decassílabos:

> "Ó terra em que nasci, como livrar-me?
> Quero deixá-la e a casa de meus pais.
> Mas como começar essa conquista
> do mundo poderoso que adivinho?
> Como sair das grades do meu nome?
> Ó casa de meus pais! Tão velha e pobre,
> mas com sua madeira e com seus ferros
> é feita de cadeias de diamante!
> Mandar na manjedoura! Eu quero é o mundo
> com tudo o que ele dá, glória e poder,
> com o que ele tem de grande e agonizante."

Não estamos, portanto, no plano das prosaicas necessidades do dia a dia, diante do compreensível anseio humano por bem-estar, segurança e até mesmo conforto, mas num plano superior, num plano filosófico ou mesmo teológico — João quer o poder supremo, um poder que balizaria todos os outros valores e lhe permitiria a realização de todos os desejos, uma quase onipotência de caráter divino.

Algo semelhante ocorre com seu amigo Silvério, o cangaceiro, cuja história é introduzida a partir de uma cantoria de viola que tem por objetivo fazer João da Cruz recuperar a memória — cena que nos lembra o *Hamlet*, de Shakespeare, com a encenação teatral montada para tocar na consciência do rei Cláudio. Silvério entra no cangaço para se refugiar, após vingar a morte dos pais. Sem qualquer pretensão de justificar moralmente um assassinato, há uma indiscutível atenuante no primeiro crime cometido por Silvério, pois não existia a menor perspectiva de justiça para os mais pobres no sertão nordestino da época do cangaço, e o homem que matara seus pais "era rico e protegido". Mas, depois, como ele mesmo confessa a João da Cruz, Silvério vai aos poucos cometendo crimes e se deixando seduzir pela fama, de modo que o "cangaço refúgio" se transforma em "cangaço meio de vida" — para lembrarmos, aqui, duas das expressões criadas por Frederico Pernambucano de Mello para identificar os tipos de cangaço que existiam dentro do cangaço, em seu estudo, já hoje clássico, *Guerreiros do Sol*.[7]

Para finalizar, voltemos a João da Cruz e sua obsessão pelo poder, pois é precisamente neste desejo de onipotência que ele se irmana com Fausto, o personagem de Goethe. Fausto pretende curar-se da "ânsia do saber", ou seja, quer atingir, com o pacto, o conhecimento total, a onisciência que anos e anos de estudo incansável não lhe proporcionaram. Ambos se unem, portanto, nas suas pretensões que transcendem o campo do

---

7 MELLO, Frederico Pernambucano de. *Guerreiros do Sol*: Violência e Banditismo no Nordeste do Brasil. 3ª ed. São Paulo: A Girafa, 2004.

humano. Querem, a qualquer custo, alcançar o impossível — aquele "Todo" que, nas palavras de Mefistófeles, "só para um Deus é feito".

Recife, 30 de janeiro de 2021.

A peça *Auto de João da Cruz* foi montada pela primeira vez na Paraíba, no Teatro Santa Roza, em 1957, pelo Teatro do Estudante da Paraíba, sob direção de Clênio Wanderley, sendo os papéis criados pelos seguintes atores:

Guia — *Hugo Caldas*

Cego — *Genildon Gomes*

Regina — *Gil Santos*

Mãe — *Carmen Costa*

João da Cruz — *Sósthenes Kerbrie*

Peregrino — *Raimundo Nonato Batista*

Anjo da Guarda — *Matinho Alencar*

Anjo Cantador — *Ernani Moura*

Retirante — *Ruy Eloy*

Silvério — *Vanilton Souza*

Eremita — *Ruy Eloy*

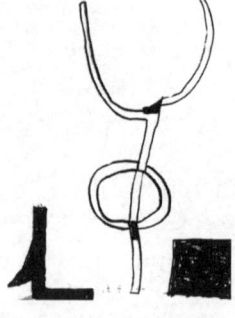

A 16 de janeiro de 2020, a peça foi encenada no Rio de Janeiro pela Cia OmondÉ, sob direção de Inez Viana, no Teatro Firjan SESI Centro, sendo os papéis representados pelos seguintes atores:

    Guia — *Leonardo Bricio*

    Cego — *André Senna*

    Regina — *Elisa Barbosa*

    Mãe — *Tati Lima*

    João da Cruz — *Zé Wendell*

    Peregrino — *Iano Salomão*

    Anjo da Guarda — *Junior Dantas*

    Anjo Cantador — *Luis Antonio Fortes*

    Retirante — *Tati Lima*

    Silvério — *Boneco de mamulengo manipulado por Junior Dantas*

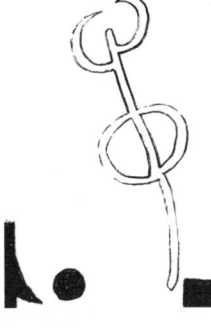

Depois de Cristo alguns anos
existia um ancião,
esse tinha um filho único
o qual chamava-se João,
que sempre ia de encontro
à cristã religião.

....

João da Cruz lhe perguntou:
"Quem és que aí te conservas?
Que campo é este, tão feio
que nele não tem nem relvas?"
Respondeu: "Isto é um reino,
e eu sou o príncipe das trevas."

E seguiu João da Cruz
e o tal do príncipe na frente.
Passaram por um salão
muito escuro e muito quente:
João da Cruz repugnava
aquilo amargamente.

....

João Sem Medo foi um príncipe,
duma coragem sobrada.

Viajou por muitos bosques,

lutou com coisa encantada,

brigou, desencantou reino,

sem nunca temer a nada.

....

Ali pensava ele muito

no sonho que tinha tido,

pensava mais na mulher

que lhe tinha aparecido

porque quando ele sonhava

já a mãe tinha morrido.

....

Onde o carvalho pisou,

nas bancadas do jardim,

nasciam pés de brilhantes,

com as folhas de marfim,

com as pétalas de ouro

e as folhas de rubim.

....

Quando o rei abriu a porta,

João olhando para dentro

viu um coreto sublime

que ficava bem no centro.

Disse no sonho: "Eu, ateu,

ali já vi que não entro."

....

Então pegou o que tinha,

deu de esmola aos desgraçados

e disse: "Vou para os montes,

ver se purgo meus pecados,

para ver se um dia sou

um dos bem-aventurados."

....

Satanás ficou convulso,

esvaindo-se em furor.

A alma rendia graças

na presença do Senhor,

rendendo graças ao anjo,

o seu grande defensor.

Trechos dos três romances citados além e que fazem parte do romanceiro popular do Nordeste.

O *Auto de João da Cruz* pode ser montado sem cenários, com um cenário único — o que talvez seja melhor — ou com seis cenários, que representem a casa de João da Cruz, com o presépio armado, a encruzilhada sertaneja, um aposento do inferno, o jardim em que João se entregava ao esquecimento, a gruta no deserto sertanejo e o aposento do paraíso, em que se dá o julgamento. Tudo isso, porém, fica a critério do ensaiador e do cenógrafo, sugerindo-se que a simultaneidade talvez seja o caminho mais aconselhável para montar a peça. No caso de se montar a peça com um cenário único, poderá ele ser dividido em três partes, representando, a da direita, a casa de João, com o presépio; a do centro, a encruzilhada, com cactos; e a terceira, a entrada da gruta. Com algumas modificações cênicas facilmente removíveis, pode a casa de João representar o aposento do céu, o que teria ainda a vantagem de sugerir as ligações entre o Peregrino e Deus Pai, entre Regina e a Virgem, se bem que ambos não se tratem de símbolos, mas de personagens. A encruzilhada, com os cactos, com uma escadaria, por exemplo, pode representar o jardim. A entrada da gruta, com um trono, pode figurar, perfeitamente, a entrada do inferno. Se fosse possível dotar cada uma destas partes de cortinas, seria ótimo, pois o Guia as iria fechando e abrindo, de acordo com o desenrolar da peça, o que é bom, como movimentação cênica, para integrar a narração na ação da peça. Aliás, as falas do Guia sugerem muita coisa sobre a encenação, dando, ao mesmo tempo, grande liberdade ao encenador e ao cenógrafo

e servindo de apelo à imaginação do público, no caso de se adotar uma encenação mais simplificada. Quando tais falas se referirem à encenação, isto é, quando não forem falas do Guia como personagem da peça, mas como diretor do espetáculo, tem o encenador autorização para cortá-las ou adaptá-las à montagem, sob a condição de indicar detalhadamente esse fato no programa. Ordinariamente elas coincidem com o início de cada jornada, em número de seis, duas para cada ato: dão assim continuidade ao espetáculo, que pode ser montado em um só tempo ou não.

Forneceram elementos para a trama do auto os romances populares nordestinos *História de João da Cruz*, *História do Príncipe do Reino do Barro Branco e a Princesa do Reino do Vai-não-Torna* e *O Príncipe João Sem Medo e a Princesa da Ilha dos Diamantes*, dos quais são autores ou divulgadores, respectivamente, Leandro Gomes de Barros, Severino Milanez da Silva e Francisco Sales Areda, poetas populares do Nordeste.

GUIA

Respeitável público! Dentro de alguns instantes, evocaremos aqui o céu, a terra e o inferno. Coisas de tão alta importância serão entretanto exibidas no palco em duas horas. O destino e as fronteiras do homem mostrados ao público sem subterfúgios, num apelo à sua imaginação. O partido de Deus e o partido do diabo, devidamente simplificados, para compreensão e edificação de todos. O meu partido é o do mundo, aliado de um dos outros dois, como hão de ver daqui a pouco, pois desempenho dois papéis. Primeiro, o de guia do espetáculo, o que farei quando falar daqui. Depois, o de guia do cego, o que terá lugar daqui para lá, que é o lugar da ação. Assim, quando eu falar a vocês daqui, estarei somente dirigindo o espetáculo. Quando eu passar para cá, estarei tomando parte da ação, como guia do cego que aí vem.

Entra o CEGO, tateando, falando depressa.

CEGO

Uma esmola, uma esmola, uma esmola! Guia!

GUIA

Aqui estou.

Cego

Onde está o rapaz? É preciso tentá-lo, levá-lo à danação. Vamos lá, vamos lá, vamos lá!

Guia

Calma, é aqui. Temos que esperar um pouco.

Cego

Não posso, não posso nem quero. A ele, a ele, a ele!

Guia

Estou tão impaciente quanto você. Mas é preciso esperar que João da Cruz se entregue por si mesmo em nossas mãos. Fique descansado, pois sua vitória também será a minha. Hei de lutar por ela enquanto puder.

Para mim, é a terra antes de tudo.
Quero que o céu se curve para as árvores
e do mundo se torne semelhante.
Que não brilhe outra luz que não terrena,
que a danação é turva e chamejante.
E que com a terra os homens se contentem,
com ela que recebe o sangue e os corpos,
a mãe comum das aves e rebanhos.
Que as casas sejam terra levantada
e os homens nada mais que sangue e barro,
grandes urnas de barro e sangue estranho.

Cego

Pois não me deixe. Você será meu guia e eu o ajudarei sempre em sua empresa.

Pois quando o céu ao mundo se curvar,
ficará muito próximo do inferno,
meu trono de vigília e de lamento.
O mundo, a carne e logo a luz do inferno,
onde jazem meu reino e meu tormento.

Guia

João da Cruz! João da Cruz! Ó João da Cruz!

Cego

É preciso esperar.

Eu o tentarei de dentro da cegueira
que cobre meus dois olhos e que nasce
da cegueira interior, bem mais profunda.

Guia

Que a primeira cortina se desvele:
eis a casa de João, cena e começo.
Que venha a tempestade: nós já vamos,
em busca da partilha e de seu preço.

Raios e trovões. Desaparecem, tendo o GUIA descerrado a cortina que mostra a sala da casa de JOÃO DA CRUZ, com o presépio. As indicações cênicas são dadas na peça como se o cenário único fosse adotado, mas tudo isso fica a critério do encenador e do cenógrafo, conforme já se acentuou. REGINA *entra cantando.*

REGINA

Boa noite, meus senhores todos
e as senhoras deste lugar.
Vim trazer alegria,
levar dinheiro
que o vigário me mandou cobrar. *(Entra a MÃE.)*

MÃE

Regina!

REGINA

Meus irmãos, alegria no Natal.
Passou-se mais um ano em nossa vida:
o ano foi de seca e virão outras,
o sol, a sede e o tempo do frutal,
a chuva e novamente o tempo seco.
Mas noite de Natal é de alegria:
alegria, meu povo, que é Natal!

Onde está João da Cruz?

MÃE

Você veio vê-lo?

REGINA

Vim. Queria lhe pregar esta alegria que sinto hoje e que me deixa tão contente.

MÃE

Agradeço a lembrança que você teve. Mas não sei...

REGINA

Não sabe o quê? Se João da Cruz também me quer?

MÃE

Não digo isso. Mas não sei se ele quer recebê-la, pelo menos.

REGINA

Talvez não, é tão difícil saber o que João quer! Mas como hoje é o dia do aniversário dele, talvez...

MÃE

É verdade, você não se esqueceu. Faz vinte anos que João da Cruz nasceu, numa noite de Natal. Era um ano seco, como este. O pai construiu este presépio para comemorar-lhe os vinte anos. João da Cruz não sabe, aproveitei a ausência dele e armei-o.

REGINA

A ausência dele? João está fora?

MÃE

Está na tenda, trabalhando. Fez questão de ir, sem necessidade, só para me dar desgosto. Se ao menos o pai dele estivesse aqui...

REGINA

    Onde andará por estas horas?

MÃE

    Só Deus sabe. Deus cuida de tudo, há de cuidar também do carpinteiro.

REGINA

    Ele não marcou o dia de voltar?

MÃE

    Não. Meu marido procura na pobreza a verdade dos que andam pelo mundo. Quando a encontrar, virá. Você entende?

REGINA

    Não sei.

MÃE

    Nem eu. Mas é o que ele diz.

REGINA

    E você?

MÃE

    Eu o quê?

REGINA

    O que é que acha disso tudo?

MÃE

    O que é que eu posso fazer? O jeito é concordar.

REGINA

    (Abraçando-a.) E ainda encontra coragem para achar graça?

MÃE

É melhor. Qualquer coisa que se faça no mundo, olhada por um certo lado, tem sua graça. Até os loucos. A loucura é a coisa mais triste que já vi, mas mesmo nela o povo acha graça.

REGINA

É verdade.

MÃE

E não deixa de ser engraçado, isso. Um homem que se larga de mundo afora, deixando mulher e filho agarrados no trabalho, para procurar a verdade dos que andam pelo mundo. *(Riem, juntas. Entra JOÃO DA CRUZ com um saco de ferramentas ao ombro.)*

JOÃO

Que risadas são essas? Por que essa alegria sem motivo?

MÃE

Calma, João. Há motivo para ela.

JOÃO

Que motivo? Qual é? Morreu algum parente rico nosso? Herdei alguma coisa?

MÃE

Não, mas hoje você completa vinte anos...

REGINA

E é noite de Natal.

João

Completo vinte anos e é noite de Natal: e então? Que foi que eu já ganhei com tudo isso? Sou sempre João da Cruz, que nada tem, nascido carpinteiro e desejando possuir o mundo.

Regina

E enquanto não o possui, não lhe agrada o presépio? Foi seu pai que o construiu, peça por peça. Sua mãe armou-o, enquanto você trabalhava.

João

Um presépio? Noutra casa, talvez valesse alguma coisa. Aqui é somente madeira que vai ser preciso desmanchar.

Mãe

Foi seu pai que o deixou!

João

Antes tivesse deixado dinheiro.

Mãe

Você não sabe o que diz. Que é que você faria com dinheiro?

João

Se há uma coisa para a qual não há dificuldade, gastar dinheiro é uma. Mas quem sabe? Talvez eu o quisesse somente para sair daqui e procurar aquilo que desejo.

MÃE

Tudo o que você viesse a encontrar não valeria nada. Pelo menos comparado com aquilo que eu e seu pai tivemos e que havemos de guardar até depois da morte.

JOÃO

Até depois da morte? E existe alguma coisa que se guarde tanto tempo?

REGINA

Existe.

JOÃO

O que é?

REGINA

Um dia você saberá sem que eu lhe diga.

JOÃO

Pois enquanto não sei me deixe em paz.

MÃE

(Baixo, a João.) João!

JOÃO

Que é?

MÃE

Não fale assim. Regina é uma boa moça.

JOÃO

Mas reza muito.

MÃE

Ela nos tem muita amizade.

JOÃO

Terá muito mais quando eu for rico. Não é verdade, Regina?

REGINA

O quê?

JOÃO

Que você será mais amiga nossa quando eu for rico?

REGINA

Não sei, acho que não, João. Estou aqui por causa do Natal.

JOÃO

Muito bonito, mas é mentira. Você veio pedir dinheiro para a Igreja.

REGINA

É verdade. Você sabia? Quem lhe disse?

JOÃO

O padre, quando passei de volta pela casa dele.

REGINA

E você dá? Qualquer coisa serve. Quanto dá?

JOÃO

Nada.

REGINA

Por quê?

JOÃO

Porque não.

REGINA

>   Deus é seu amigo.

JOÃO

>   Pois nunca me demonstrou.

REGINA

>   Por que você diz isso?

JOÃO

>   Porque é verdade.

REGINA

>   Então não dá?

JOÃO

>   Não.

Sai a MÃE, em atitude de tristeza.

REGINA

>   Viu como sua mãe saiu? Por que você diz essas coisas?

JOÃO

>   Porque sinto essas coisas. Meu destino estava traçado desde que nasci, com a plaina na mão, trabalhando dia e noite na madeira.

REGINA

>   É um trabalho tão bonito.

JOÃO

>   Para quem olha de fora.

REGINA

    É ele quem lhe dá casa, cama e comida.

JOÃO

    A casa é pobre, a cama é dura e a comida é pouca.

REGINA

    Mas bastariam para a felicidade.

JOÃO

    Isso é o que os ricos vivem dizendo, com medo de perderem as deles. Você não tem vergonha de falar assim? Detesto você quando a vejo com essas coisas!

REGINA

    Que coisas?

JOÃO

    Com essa falsa mansidão, com essa covardia. Você é pobre como eu. Lute, revolte-se! Senão aparece sempre um insolente para montar no seu pescoço.

REGINA

    É verdade, mas parece que não nasci para isso. Desculpe.

JOÃO

    Não, você é quem deve desculpar. E que direito tenho eu de reclamar, se também não faço nada? A única coisa em que levo vantagem sobre você é que não caio nas conversas do padre. Para que ele queria o dinheiro?

REGINA

>Para os festejos do Natal. Vai-se armar um navio enorme na praça, para se representar a marujada.

JOÃO

>E você vai cantar?

REGINA

>Vou.

JOÃO

>Como pastora?

REGINA

>Não, como Nossa Senhora. Meu canto é tão bonito!

>Fala de um rio seco e de outro cheio,
>fala de um barco enorme, claro e belo,
>que navega nos campos e na serra.
>Um navio de prata, sono e bronze,
>onde, ao som de trombetas sem memória,
>a morte nos recebe em pleno peito,
>com seu canto, clarim de nova terra.

JOÃO

>Mas é de prata mesmo esse navio?

REGINA

>Qual?

JOÃO

>Esse que o padre está armando na praça.

REGINA

> Ah, não, esse é de madeira. Estou falando do navio de que o meu canto fala. É um romance antigo, cheio de coisas bonitas, que não existem. O navio é uma delas.

JOÃO

> Então não interessa, pode ficar com ele. E eu, que já estava sonhando, enquanto você falava!

REGINA

> Sonhando? Com quê?

JOÃO

> Nem eu mesmo sei. Acho que era com um barco diferente, alguma coisa capaz de me dar poder, que me abrisse as portas para um mundo novo, em que eu não fosse carpinteiro.

REGINA

> Mas não despreze assim o meu. Com ele se descobre um mundo novo.

JOÃO

> Ah, já estou cansado desses mundos novos que vocês vivem prometendo e que nunca se encontram. Aqui hei de ficar eternamente. Para onde poderia ir João da Cruz? Se veio me exortar para a alegria e fazer pregação, pode voltar. Nossa conversa é inútil. A não ser que me traga uma encomenda, tem alguma? Se tem, diga o que é. Não posso me dar ao luxo de ficar sem trabalhar, como vocês. Mas se não tem, me deixe.

Quero ficar só. Que alegria posso ter na vida? Sonhar com o poder do mundo inteiro e ter apenas, para conquistá-lo, os ferros que meu pai abandonou!

REGINA

Está bem, eu vou. Adeus.

JOÃO

Adeus. O padre deve estar esperando: dê lembrança a ele.

Sai REGINA.

JOÃO

Ó terra em que nasci, como livrar-me?
Quero deixá-la e a casa de meus pais.
Mas como começar essa conquista
do mundo poderoso que adivinho?
Como sair das grades do meu nome?
Ó casa de meus pais! Tão velha e pobre,
mas com sua madeira e com seus ferros
é feita de cadeias de diamante!
Mandar na manjedoura! Eu quero é o mundo
com tudo o que ele dá, glória e poder,
com o que ele tem de grande e agonizante.
Fique-se aí, presépio de madeira.
Ou volte, mas só volte transformado
num grande barco de ouro e prata fina,

conquista do tremendo e do profundo.
Mas barco de verdade! Eu montarei
no mais alto dos mastros de granito
e partirei a conquistar o mundo.

Sai. Trovões e relâmpagos. É conveniente dotar o presépio de uma pequena cortina que será cerrada por JOÃO ao sair, para dar a entender que tal fato favoreceu a entrada do CEGO e do GUIA, que vêm logo após os raios.

CEGO

É este, é este, é este?

GUIA

É.

CEGO

Em breve ele estará em nossas mãos.

GUIA

Está completamente fascinado:
quer as coisas que a terra pode dar.
Não a terra das flores e das árvores,
dos roçados, dos rios e da serra,
do flavo mel, do milho e do espinheiro,
mas a terra que dá glória e poder.
As mulheres, o mundo, a carne... Tudo
aquilo que deslumbra o carpinteiro.

Cego

    Por mim, eu esmagaria aquele cão!
    Assaltaria com meus olhos cegos
    a própria fonte que lhe dá visão!
    Sim, a fonte das águas, dessas águas
    vivas, sim, dessa fonte, as águas vivas.

Guia

    Já ouvi! Diabo de uma mania de dizer tudo três vezes!

Cego

    Eu o deixaria cego no crepúsculo,
    no poente, na tarde e até na noite,
    com seu punhal de luz da madrugada.

Guia

    É cedo, é muito cedo para o ataque. Aqui na casa há forças que o defendem. A qualquer hora abrem a cortina do presépio e teremos que voltar para nossos domínios.

Cego

    Você, à terra escura e sempre triste.
    Eu, para o inferno, rei do meu tormento.

Guia

    Tentemos então tirá-lo de sua casa. No mundo, teremos mais liberdade e a vitória será muito mais fácil.

Cego

(*Temeroso.*) Irmão, sinto que vem alguém se aproximando. Vem alguém para cá. Quem vem lá? Você, que pode ver, me diga quem vem lá! Quem vem lá, quem vem lá, quem vem lá?

Guia

(*Impaciente.*)

Não sei, não sei, não sei! Mas também sinto.
Sinto que vem alguém se aproximando.
Você, que tem poderes para as trevas,
que governa potências infernais,
não deixe que essa luz venha até cá!

Toque de sino, luz azul.

Cego

Irmão, irmão! Não deixe que eu me perca
na luz que vem chegando! Irmão! Irmão!

Trovões. Desaparecem. Sino. Entra o Peregrino, com túnica e bordão.

Peregrino

Seja bendito o pão que Deus nos dá
e a terra, as águas, frutos e rebanhos.

Seja bendita a chuva benfazeja
e a seca que dizima as plantações.
A relva muda, e as árvores e as pedras,
todas as coisas cantam, tudo canta.
A terra castigada se resseca
sob o sopro do vento solitário,
mas tudo vive e morre na vontade
daquele cuja glória o céu proclama.
Sejam benditas todas as estrelas
que boiam sobre o rio e dançam n'água.
Mas agora que chego, mais que tudo
a alegria de tudo se apodera:
meu sangue entoa o canto do regresso
à casa em que há repouso e que me espera.

Entra JOÃO DA CRUZ.

JOÃO

Que é que está fazendo em minha casa, meu senhor?

PEREGRINO

Louvava a Deus, que manda em todos nós e que em troca de pouco nos dá tudo.

JOÃO

Pois se já louvou, despache-se e pode seguir seu caminho.

Peregrino

    É cedo ainda.

João

    Que é que você quer aqui?

Peregrino

    Nada.

João

    Tem não, não tem isso aqui não. Madeira, ferramenta, tem. Nada, não. Vá bater noutra porta.

Peregrino

    Noutra porta?

João

    Sim.

Peregrino

    O que é que você guarda ali atrás daquela?

João

    De qual?

Peregrino

    Daquela, ali.

João

    Nada.

Peregrino

    Então embrulhe um pouco dele e me dê. Está vendo? Também sei conversar assim, quando quero. Comigo você tem o que aprender. Sou capaz de louvar a Deus por toda a noite.

JOÃO

    Mas não aqui. É tarde para isso. Estou cansado e preciso dormir.

PEREGRINO

    Já? Na noite de Natal?

JOÃO

    Já, o que é que tem isso?

PEREGRINO

    Nada, mas todo mundo fica acordado no Natal. Afinal de contas é o aniversário de Nosso Senhor.

JOÃO

    Eu não me importo com o meu, vou ligar o dos outros! Era o que faltava!

PEREGRINO

    É mesmo? Você não se importa nada com o seu?

JOÃO

    E então? Também faço anos hoje e cheguei do trabalho agora mesmo.

PEREGRINO

    Então é hoje seu aniversário... Ganhou algum presente de seu pai?

JOÃO

    Agora, quando voltei da tenda, minha mãe me mostrou este presépio que meu pai construiu e guardaram para mim até agora. Ele era carpinteiro como eu.

PEREGRINO

    Morreu?

JOÃO

    Não.

PEREGRINO

    E por que você diz "guardaram para mim" e que ele "era carpinteiro" como você?

JOÃO

    Homem, ele está vivo, mas para mim é mesmo que já fosse defunto. Anda por aí, solto no mundo, desde que me entendo de gente.

PEREGRINO

    Está no cangaço?

JOÃO

    Não, solto no mundo.

PEREGRINO

    Em procura de quê? Fazendo o quê?

JOÃO

    Eu sei lá! Pergunte a ele, se o encontrar um dia. Talvez isso aconteça, o senhor é peregrino... Para onde se bota?

PEREGRINO

    Vou ao Canindé, talvez, pagar uma promessa que devo há muito tempo.

JOÃO

Pois se encontrar meu pai, nessas andanças, diga a ele que João da Cruz, em vez de presépio, preferia que ele tivesse deixado prata. Que João vive apertado na casa que lhe deram, que a comida passa na garganta dele à força. Ah, não ter dinheiro! Mesmo que não fosse muito, o que desse para eu sair de casa e começar a conquistar o mundo!

PEREGRINO

E você já examinou bem o presépio?

JOÃO

Para quê? É de madeira e de madeira eu já estou cheio, sabe?

PEREGRINO

Neste presépio, como em tudo mais, é preciso ter olhos para ver. Há coisas que se escondem na madeira. *(Tira um saquinho de moedas do presépio.)* Olhe lá: é dinheiro. Certamente seu pai estava pensando em você, quando o deixou.

JOÃO

Meu Deus, estou sonhando! É dinheiro mesmo?

PEREGRINO

É. Se era o que você queria, está aí.

Entra a MÃE e vai correr para o PEREGRINO, mas este faz-lhe sinal, por trás de JOÃO, para que ela se contenha.

JOÃO

Ah, meu pai, este sim é presente que se dê! Ó liberdade, agora o mundo é meu!

Sai correndo com o dinheiro. A **MÃE** *abraça o* **PEREGRINO**.

PEREGRINO

Estou de volta, mulher.

MÃE

Mas meu filho vai embora!

PEREGRINO

Eu sei. Sua ida é inevitável. É preciso que ele aprenda sozinho o que tem de aprender.

MÃE

Tenho medo das coisas deste mundo, dos males que talvez venham a lhe acontecer. Sinto tanto medo!

PEREGRINO

É melhor do que sentir desprezo, coisa que talvez lhe acontecesse se ele ficasse.

MÃE

Mas é tão moço ainda!

PEREGRINO

É mais do que você pensa. Você vai ver, ele vai sair fugido.

Mãe

É possível?

Peregrino

É, você vai ver. Mas farei por ele o que me for possível. Eu o seguirei, mas de longe, sem que ele saiba que é meu filho.

Mãe

Você o seguirá? Vai me deixar sozinha novamente?

Peregrino

É preciso. Você é corajosa, pode ficar só. Eu voltarei logo e ele vai precisar de mim.

Mãe

Você é quem sabe. Mas não se pode fazer nada para impedir que ele saia?

Peregrino

Não.

Mãe

Então, já que é assim, é melhor me conformar. Vou arrumar a roupa dele.

Peregrino

Não, deixe que ele faça tudo só. A ida só serve a ele assim. Tenha coragem.

Mãe

É que de repente eu começo a me sentir cansada e velha, uma velha completamente inútil.

PEREGRINO

Eu sei, também estou começando a me sentir assim. Me abrace. Assim eu posso ajudá-la e você me ajudará também. Vamos.

Saem abraçados. Do presépio saem dois anjos. Um é o ANJO DA GUARDA de JOÃO DA CRUZ. O outro traz uma viola nas costas, a tiracolo.

ANJO DA GUARDA

Nem tudo está perdido nesta casa. A noite está bonita e o pai voltou.

ANJO CANTADOR

Que providências você vai tomar? João vai embora.

ANJO DA GUARDA

E eu com ele. Minha obrigação é segui-lo até o fim do mundo, se for preciso.

ANJO CANTADOR

Mas ele mesmo é que cria dificuldades para sua guarda, chamando o cego e o guia para perto dele.

ANJO DA GUARDA

O fato é que, apesar de tudo, João ainda está aqui. Se ele fugir, o pai cuidará dele e o mesmo farei eu. Se João da Cruz não me expulsar de seu lado pensadamente, tentarei ajudá-lo em sua busca.

Anjo Cantador

   É preciso tomar cuidado com aqueles dois. Farão tudo para desgraçar João.

Anjo da Guarda

   Lá vem ele, vamos voltar ao presépio.

Entram no presépio. JOÃO DA CRUZ entra cautelosamente, de matolão às costas.

João

   Enfim, a liberdade! O mundo é meu. Meu presépio já deu o que podia: recolha-se ao silêncio que eu me vou. *(Fecha a cortina do presépio. Um raio e surge o GUIA.)*

Guia

   Meus parabéns, príncipe, grande príncipe sem medo!

João

   Quem é você?

Guia

   Sou seu amigo.

João

   E eu sou o Príncipe sem Medo?

Guia

   Ainda não, mas há de ser em pouco tempo. A questão é coragem. Vá embora, vá!

JOÃO

Devo ir?

GUIA

É claro, e logo. Seus pais vão querer prendê-lo aqui de qualquer forma. Vá, vá logo! *(Trovão. Desaparece.)*

JOÃO

Que vi? Que ouvi? Fantasma ou ser humano?
A questão é coragem. Vou-me embora.
Entretanto o desejo se debate
aprisionado pelo coração.
Serei somente um mero carpinteiro?
Meus pais querem prender-me. Ah, isso não!
A questão é coragem e eu a tenho.
Adeus casa, meus ferros, meu trabalho!
Com meu dinheiro, posso começar
e o mundo há de ser meu. Adeus, meu chão!

Sai. Trovões e raios. O GUIA cruza a cena, guiando o CEGO, ambos com trouxas às costas, penduradas em bordões, como a de JOÃO. Seguem os passos deste e saem. Entram o PEREGRINO e a MÃE, despedindo-se.

MÃE

Adeus, cuide bem dele. E cuide de você.

PEREGRINO

Adeus. Não tenha cuidado, eu volto logo.

*A*braça-a e segue os passos de JOÃO. A MÃE, só, abre a cortina do presépio e chora, olhando-o. Dentro do presépio, com ela de costas, o ANJO DA GUARDA abraça o ANJO CANTADOR, numa imitação do que aconteceu antes. Salta para fora, também de matolão às costas, e segue na mesma direção. O GUIA então aparece no proscênio, ou noutro lugar qualquer que lhe tenha sido designado pelo encenador, para as suas falas como diretor do espetáculo. Ele cerra a cortina que vela a casa de JOÃO. Imediatamente, JOÃO há de aparecer em algum lugar, representando um falso andar, no ritmo da fala do GUIA.

GUIA

Assim, sai João da Cruz de sua casa. Podemos vê-lo ali, enquanto se encaminha, cada vez para mais longe. Andou, andou, andou, adiantou-se daqueles que o seguiam, andou, andou, andou, e agora está para chegar à encruzilhada que podem ver aqui representada. *(Desvela a cortina da segunda parte, com cactos.)* Enquanto ele se senta para descansar e novamente recomeçar a caminhada, vou esperá-lo nesta encruzilhada. Cego! Cego! Cego do diabo! *(Trovão. Aparece o CEGO com o GUIA já no lugar da ação.)*

GUIA

>Este lugar é bom para nós dois.
>Aqui dormem raízes poderosas
>emanadas da terra e dos infernos.

CEGO

>As estradas se cruzam, conduzindo
>os retirantes para várias terras.
>Meus olhos, mesmo cegos e sem brilho,
>pressentem direções desconhecidas.

GUIA

>Em breve há de chegar o viajante
>que escolherá na terra um nome novo.

CEGO

>Deixe-me só com ele um instante, depois que ele chegar!

GUIA

>Por quê? Quero também a minha parte!

CEGO

>Muita coisa de João já lhe pertence, amigo. Deixe-me levá-lo um pouco para as suaves chamas em que minha alma sofre e se adormece! Deixe, deixe, deixe!

GUIA

>Tenho medo de que você o assuste, mostrando-lhe esse fogo que o abrasa.

Cego

Serei manso. Sou cego e ele é valente. Mas depois que chegar no meu reinado, eu o tornarei cego na sombra e cego para as chamas. Sem ver, ele não terá medo. Eu saberei me chegar a João da Cruz, a João da Cruz, a João da Cruz!

Guia

Está bem. Mas cuidado! Não o assuste.

Cego

E você? Para onde vai, enquanto a tentação estende as asas sobre João da Cruz?

Guia

Vou à Espinhara. A terra lá me chama!
Sinto um calor de terra requeimada:
a seca vai cobrir todo o sertão.
Ó terra seca, ó reino meu, ó morte!
De onde virão as forças que governam
estes altos de sol, de pedra e chão?

Trovão. O Guia desaparece. João passa do andar falso ao verdadeiro e chega à encruzilhada.

João

(Saudando.) Louvado seja...

Cego

(Num grito.) João da Cruz, silêncio!

JOÃO

Que é isso? Vai-se chegando, você vem logo com um grito desses!

CEGO

Desculpe, você me assustou e gritei. Peço que me desculpe.

JOÃO

E você sabe meu nome. Como pode ser isso, se eu nunca o vi?

CEGO

Ah, João da Cruz é famoso em todo o sertão! Contaram-me que você vinha por aí e eu o reconheci logo.

JOÃO

Como, se você é cego?

CEGO

Ah, reconheci-o pela energia da voz, que mostra logo um vencedor.

JOÃO

Por que não me deixou terminar a saudação que ia dirigindo a você?

CEGO

Porque achei que a um rapaz que tem suas qualidades não fica bem louvar quem quer que seja.

João

　　Talvez você tenha razão, quem sabe? Então já me conhecem por aqui!

Cego

　　E então? Fala-se muito por aqui na sua coragem. Você conquistará o mundo, João da Cruz!

João

　　Esta é minha esperança mais secreta. Hei de conquistar o mundo e tudo o que ele pode dar.

Cego

　　Acredito, mas a conquista do mundo é uma coisa tão estranha, João. Que fará você para realizá-la?

João

　　Sonho com barcos, balas, tempestades,
　　com a prata das raízes do luar,
　　com pedras e florestas incendiadas,
　　brilhando com seu fogo sobre as águas.
　　E sonho sobretudo com esse fogo
　　que se despenha do alto das estrelas,
　　sobre meu corpo e dentro do meu sangue.

Cego

　　É um belo sonho, um sonho grandioso, um sonho à altura daquele que você há de ser um dia. Mas para realizá-lo é preciso muita coisa.

JOÃO

    Eu tenho a mocidade e a coragem.

CEGO

    E tem dinheiro?

JOÃO

    Tenho o necessário.

CEGO

    Onde vem sua tropa de animais?

JOÃO

    Que animais?

CEGO

    Os que trazem seu dinheiro.

JOÃO

    Meu dinheiro está aqui.

CEGO

    Todo?

JOÃO

    Todo.

CEGO

    E você pode com seu peso? *(Ri.)* Então volte para casa, volte, volte logo, João da Cruz!

JOÃO

    (Enraivecido.) De que está rindo? Você é cego, mas não vou deixar por isso que você zombe de mim!

Cego

Não, não se zangue. Não me ri por sua causa, mas sim de nós que não podemos, nem de longe, ter um sonho como o seu.

João

E é? Você não pode sonhar? Por que não pode?

Cego

Que consegue a cegueira com seus olhos? O que é que um velho cego pode ainda desejar do mundo? E no entanto eu podia mandar ainda em tanta coisa!

João

Como é? Você pode mandar e se recusa?

Cego

É verdade.

João

Não acredito. Explique como é.

Cego

Não há ninguém aí?

João

Não, estamos sós.

Cego

O que eu vou lhe dizer é segredo, é coisa que fica entre nós dois.

João

Pode falar, não há ninguém aqui.

Cego

    Eu tenho a chave.

João

    Que chave?

Cego

    A chave que abre a porta.

João

    Que porta, homem de Deus?

Cego

    Homem de Deus, o quê? Não gosto que me chame assim.

João

    Todo mundo diz isso, é um modo de falar.

Cego

    Mas é um modo de falar grosseiro e cheio de impaciência.

João

    Eu retiro o que disse. Que porta é essa a que você se referiu?

Cego

    A porta atrás da qual está o barco.

João

    O barco?

Cego

    Sim, o barco de seu sonho. O barco de cujo mastro feito de diamante você verá o mundo. Dentro dele

existem riquezas, sobre as quais você poderia
construir seu templo de vitória e de poder.

JOÃO

Você tem essa chave?

CEGO

Tenho.

JOÃO

E como é que está aí, pobre, sem nada, com essa
roupa toda esfarrapada?

CEGO

Já lhe disse: o cego nada quer do mundo. Além disso,
a coragem necessária para essas coisas só existe nos
moços como você.

JOÃO

Você também foi moço.

CEGO

É verdade. Mas no tempo em que a prata sem brilho
da cegueira não nublava a coragem de meus olhos eu
não tinha essa chave. Quando a recebi, já era tarde.

JOÃO

E a chave?

CEGO

O que é que tem?

JOÃO

Você a guardou até agora?

Cego

Guardei-a. É a única riqueza que me resta nos dias de velhice.

João

Ai, meu cego, me dê esse tesouro!

Cego

Em troca de quê?

João

Eu lhe darei todo o dinheiro que tenho comigo.

Cego

É pouco.

João

É pouco?

Cego

É muito pouco, João da Cruz.

João

Eu lhe darei mais, quando vencer.

Cego

Que garantias eu teria disso?

João

Minha palavra.

Cego

É pouco, é muito pouco, João da Cruz.

João

Me diga então o que você quer em troca da chave.

Cego

    Direi depois, é cedo ainda. Você tem coragem?

João

    Tenho, duvida disso?

Cego

    Não.

João

    Então fale.

Cego

    (Ao som de um tambor surdo e fatal.) Vou falar, escute:

    Existe um reino, duro para os olhos,
    a que os homens repelem por instinto.
    Somente lá a chave ser-lhe-á dada.
    Tem coragem de ver a chama escura
    penetrar no seu sangue, no seu corpo,
    até chegar às últimas moradas
    onde o diamante guarda a fonte e as águas?

João

    Não sei. Todo o meu corpo está tremendo.
    Sua expressão é estranha e malfazeja.

Cego

    Pois saiba logo que não vencerá.
    Você não será rei. Volte à madeira.
    Volte à madeira, João, volte pra casa
    que seu lugar é lá e não aqui.

JOÃO

Não, não me deixe! Eu já estou melhor.
Foi somente um instante, já passou.
Que terei eu em troca da coragem
de enfrentar esse mundo condenado?

CEGO

Lá, João da Cruz, você terá tesouros,
tesouros com que nem você sonhou:
fontes de bronze, pedras, ouro puro,
tudo aquilo, afinal, que se deseja
e que canta em você no sonho escuro.

JOÃO

E a riqueza e o poder? Terei meu barco?

CEGO

Terá tudo o que quer e mais ainda.

JOÃO

Pois vamos.

CEGO

Está perfeitamente decidido? Você só me serve de completo acordo, João. Você é livre, só vai se quiser.

JOÃO

Quero, já resolvi. Quero vencer e se o caminho é este, eu o seguirei. Adeus pobreza, adeus ferro e madeira, adeus ofício que meu pai me deu! Podemos ir!

Cego

Iremos, João da Cruz. Guia, meu guia! Retire João da casa dos mortais!

Aqui o GUIA fechará a cortina da encruzilhada e abrirá a da gruta, com o trono do CEGO, em momento a ser escolhido pelo encenador. Enquanto isso, o CEGO invoca os poderes infernais para que os conduzam ao aposento já preparado.

Cego

Ó poder do meu fogo, abra esta porta!
Venham, asas de fogo dos demônios!
Conduzam-nos às plagas infernais!

Raios e trovões. As luzes se apagam. Quando se acendem, JOÃO DA CRUZ está deitado no chão, desmaiado; o CEGO, sentado num trono, diante da gruta, que agora é a entrada do inferno, com um manto vermelho sobre a roupa esfarrapada e um cetro em forma de serpente na mão. Ao lado do trono, o GUIA, também com manto vermelho. Se o encenador quiser, poderá acrescentar a esta cena dois demônios, que falarão em coro com o GUIA, na qualidade de auxiliares do CEGO.

GUIA

O corpo continua adormecido.
Seu sono viaja ainda pelos campos
que percorreu até chegar aqui.

CEGO *(Irônico.)*

Não fale agora, deixe João dormir.
Quando for tempo ele despertará.

GUIA

Está acordando. Acorde, acorde, João!

JOÃO

Estou num mar de fogo sonolento.

GUIA

Atravesse esse mar. Venha depressa!
Desperte para a rubra escuridão.

CEGO

É tempo de acordar!

CEGO e GUIA

Acorde, João!
Acorde, João, acorde! Acorde, João!

JOÃO

(Erguendo-se.) Você? Onde é o reino? E a minha chave?

CEGO

O reino é este, mas você não suportaria as chamas
imortais que brotam dele. Por isso mandei separar

este aposento, onde terá lugar nossa entrevista decisiva.

João

Espere! Sua vista está mudada. Você não era cego?

Cego

Sim, mas só lá no seu mundo, onde uma cruz feriu minha visão. Aqui, sou rei.

João

É rei?

Cego

Sou quase rei. Existe um maior do que eu, que nos governa. Eu sou um dos seus príncipes maiores.

João

Onde está meu barco? Onde está a chave de que você falou?

Cego

Por trás daquela arcada estão o barco e a chave com que você há de triunfar. Mas você deve vir aqui mais duas vezes: de cada vez terá de me fazer uma dádiva diferente. Em troca, receberá três dons, cada um dos quais mais cheio de poder do que o anterior.

João

Quais são os dons? E quais são as dádivas que tenho de fazer em troca deles?

Cego

　　Primeiro, os dons. Depois direi quais são as dádivas que você tem de fazer.

João

　　Fale então. Quais são os dons?

Cego

　　O primeiro é a chave de ouro e prata. *(Bate palmas e o Guia entra na gruta, de onde volta com uma bandeja, onde brilha uma enorme chave. Ouvem-se toques de tambor.)*

Guia

　　Ó chave poderosa, que abre a porta
　　à vitória, ao poder, à carne, ao mundo!
　　Passe o poder ao carpinteiro João!
　　Penetre no seu corpo até o sangue,
　　onde mora seu nome de batismo,
　　e destrua esse nome. Em troca dele,
　　que João tenha o poder da chama escura,
　　da coroa, do trono e do bastão.

João

　　Meu corpo está tremendo novamente.

Cego

　　Agora é tarde, João, você já escolheu. Por que preferiu vir? Quer a chave ou não quer? Decida logo!

João

　　Qual é a dádiva que preciso fazer em troca dela?

Cego

É possível? Não entendeu ainda, carpinteiro? Renuncie a seu nome e em troca dele eu lhe darei a chave do poder. Renuncie a seu nome e a todas as forças que moram nele! Renuncie até mesmo à pessoa que ele lhe impôs um dia. Renuncie com seu sangue e com sua alma. E receba essa chave se puder. Nem todos podem.

João

Renunciarei ao nome e à força que ele tem. Mas quero provar antes se a chave tem, na verdade, a força que você diz.

Cego

Você voltará ao mundo e lá poderá ver se eu lhe menti.

João

Então me entregue a chave.

Cego e Guia

(Enquanto a entregam.) Salve o príncipe sem medo, salve, salve! Receba a chave e dê-nos esse nome que para nada mais lhe servirá! *(Raios e trovões.)*

Cego

Volte à morada dos mortais! Poderes infernais, levem o rei daqui!

Escuro. De novo a encruzilhada, com JOÃO DA CRUZ desmaiado. O CEGO, em pé, ri com ar zombeteiro.

CEGO

(Dando-lhe um pontapé.) Acorde, príncipe! João! Acorde, que seu mundo está à sua espera.

JOÃO

(Erguendo-se.) Onde está minha chave?

CEGO

Em seu pescoço, presa a uma corrente.

JOÃO

Mas não se esqueça: só perco meu nome se a chave me der o que eu pedir.

CEGO

Você verá se estou mentindo. O que é que você quer?

JOÃO

Não sei... Assim de repente não sei. Por exemplo: ser como um príncipe, num reino.

CEGO

Pois siga seu caminho. Qualquer impedimento que vá surgindo, você esfregue a chave e ele será vencido facilmente. Adeus!

JOÃO

Já vai embora? Diga-me antes quais são os outros dois presentes a que você se referiu em seu reino.

Cego

O primeiro, é um cavalo negro mais poderoso do que a chave de ouro. O outro, é o barco com que você sonhava e que há de lhe dar o cetro de seu mundo.

João

Mas que devo fazer para alcançá-los?

Cego

Mais tarde saberá. Adeus, meu João! *(Trovão. Desaparece.)*

João

Renunciar a meu nome: que sentido terá isso? Sinto um tremor por todo o meu corpo. Será que vale a pena? Não deve ser pouca coisa, pois do contrário não me dariam esse tesouro em troca. Mas afinal, esfrego a chave ou não?

O Cego tem aparecido no limiar enquanto ele fala. Às últimas palavras, empurra o Guia para dentro. Trovão.

Guia

Corra, corra, príncipe sem medo! Vem gente ruim à sua procura!

João

Para quê?

Guia

Para tomar a chave e impedir que você vença. Corra, corra! *(João pega a sua trouxa e sai correndo.)*

Esfregue a chave, João, esfregue a chave! Esfregue mais. Assim! Ninguém o pegará! *(Raio longínquo. Risada do GUIA.)*

Ó terra, ó mundo, agora é nossa vez. Procurem se apossar de João Sem Medo para que volte ao barro original!

Trovão. O GUIA desaparece. Luz azul. Entra o ANJO DA GUARDA, correndo, exausto. Senta-se numa pedra ou no chão.

ANJO DA GUARDA

Foi-se o rapaz. Vou ser repreendido.
Quem sabe de que forças se valeu,
de que reino de sombra e confusão?
Será melhor, talvez, me disfarçar
a procurá-lo assim, por entre os homens.
Vou me vestir de frade e procurar
onde anda João da Cruz pelo sertão.

Desembrulha a trouxa e tira um hábito de frade, que veste por cima do manto. Entra o PEREGRINO.

PEREGRINO

A bênção, senhor frade.

Anjo da Guarda

> Deus o abençoe.

Peregrino

> O senhor não viu por aqui um rapaz de uns vinte anos, com jeito de quem ia viajando?

Anjo da Guarda

> Não, não vi. Mas não vá desanimar por isso. Não é impossível achar os que se perdem.

Peregrino

> Eu sei. Além disso, Deus está lá de cima vendo tudo. Os cavalos rincham e dão coices, mas no fim Deus é sempre quem decide. Um dia eu hei de achar meu filho João.

Anjo da Guarda

> Meus parabéns, é assim que se fala. Vou ajudar você a procurá-lo.

Peregrino

> Eu lhe agradeço. Mas por que tanta bondade, assim sem me conhecer?

Anjo da Guarda

> Eu sou bondoso por obrigação. Sou frade e quero ajudá-lo, não é o que interessa? Aceite minha ajuda e deixe de estar investigando, que isso não bota ninguém para a frente.

PEREGRINO

O senhor tem razão, vamos procurar João da Cruz.

ANJO DA GUARDA

Chama-se assim, ele?

PEREGRINO

Chama-se, era o nome de um santo. Tem uns vinte anos e os olhos brilhantes.

ANJO DA GUARDA

Está bem. Siga por este caminho que eu vou pelo outro. Daqui a um ano voltaremos aqui para ver o resultado que cada um de nós conseguiu. Deus o abençoe. Deus o acompanhe.

Saem. Aqui pode-se terminar o primeiro ato, se se montar a peça com intervalos. Ou pode-se continuá-la com o aparecimento do GUIA.

GUIA

E assim se separaram. Lá se foram.
Um ano se passou e João perdido:
as buscas não tiveram resultado.
Andaram pelas serras, nos baixios,
onde a água é mais limpa e se retém,
por cidades e vilas esquecidas,
pelos altos desertos do sertão.

Perguntaram por João a todo mundo.
Não tiveram resposta de ninguém.

No próximo ato, terão oportunidade de ver, cada vez mais misturados, os três partidos de que já lhes falei. Agora saio, pois o frade vem ali. E escolho para a volta o mesmo lado que serviu para a vinda, quando entrei. *(Sai. Entra o Anjo da Guarda, cansado, coberto de pó, limpando o suor da testa, e senta-se na pedra.)*

Anjo da Guarda

Nada de João. Meu Deus, onde anda João? *(Entra o Peregrino.)*

Peregrino

Louvado seja Deus, senhor frade, louvado seja Nosso Senhor Jesus Cristo.

Anjo da Guarda

Para sempre seja louvado.

Peregrino

Encontrou João da Cruz?

Anjo da Guarda

Não. Procurei-o no sertão inteiro. Principalmente pela Espinhara. Não sei por que acho que ele se perdeu por lá. Mas ninguém ouviu falar de João da Cruz.

Peregrino

Tenho que lhe dizer a mesma coisa. Nem notícias arranjei de João da Cruz.

Anjo da Guarda

    E notícia de chuva, trouxe alguma?

Peregrino

    Não, nenhuma. A seca este ano vai ser terrível. O sertão já está cheio de retirantes. Encontrei alguns que iam em procura da estrada de Patos, para trabalhar como cassacos.

Anjo da Guarda

    Será que João da Cruz está entre eles? Talvez tenha ido também procurar trabalho na estrada.

Peregrino

    Não sei, penso que não. Perguntei a muita gente, mas ninguém soube dar notícia.

Anjo da Guarda

    Aí vem um. Talvez conheça João ou saiba dar alguma notícia a seu respeito. *(Entra o Retirante.)*

Retirante

    Louvado seja Deus.

Anjo da Guarda e Peregrino

    Louvado seja.

Retirante

    Qual é a estrada que vai para o lado do mar?

Peregrino

    É esta. Mas que é que você vai fazer tão longe do sertão?

RETIRANTE

Sei não. Todos estão indo, eu vou também. Na minha terra é que eu não podia mais ficar. Quando chover, eu volto.

ANJO DA GUARDA

Ah, então está fugindo da seca.

RETIRANTE

É, a seca está grande. Tem muita fome no sertão. Mas estou fugindo ainda de coisa muito pior.

ANJO DA GUARDA

De que é?

RETIRANTE

Do novo reino.

PEREGRINO

Do novo reino? O que é isso?

RETIRANTE

Homem, para falar a verdade, não sei lhe dizer. Mas sei que é um negócio muito perigoso. Vou ver se passo no Caldeirão para o beato me abençoar. Assim, pode ser que eu escape.

ANJO DA GUARDA

Mas escape de quê, homem de Deus?

RETIRANTE

Do novo reino.

ANJO DA GUARDA

Mas o que é isso?

Retirante

Não sei. Mas sei que ele existe.

Peregrino

Existe em que lugar? É no sertão?

Retirante

Não sei, acho que não. Acho que sim.
É em qualquer lugar que ele entender:
nos muros arruinados, nas estradas,
nas cercas de braúna dos currais,
nas raízes das árvores, na pedra,
nas balas prateadas dos fuzis,
na água da chuva e até no sol da seca.
Seu rei é um grande príncipe sem medo,
o mais cruel de todos os mortais.

Anjo da Guarda

Há qualquer coisa podre nesse reino.

Peregrino

E onde vive esse príncipe?

Retirante

Não sei. É um homem rico e poderoso, que governa poderes infernais. As mulheres correm para ele. Tem não sei quantas, e os homens têm mais medo dele do que do diabo.

Anjo da Guarda

Você saiu há muito tempo do seu roçado?

RETIRANTE

Muito. Moro muito longe.

PEREGRINO

E vem se retirando só?

RETIRANTE

Não, andei com muitos outros por essas estradas.

PEREGRINO

E não ouviu falar de um rapaz chamado João da Cruz?

RETIRANTE

João da Cruz?

PEREGRINO

Sim, um rapaz de uns vinte anos, de olhos escuros, muito brilhantes.

RETIRANTE

Não, não me lembro de nenhum rapaz chamado João da Cruz. O único João de que eu ouvi falar foi de João Sem Medo, mas ele é bem mais velho e quanto mais longe dele, melhor.

PEREGRINO

Está certo. Muito obrigado, mesmo assim.

RETIRANTE

De nada. Adeus, amigo. Cuidado com o príncipe sem medo. Ele aparece sempre nos lugares onde menos se espera. Eu, por segurança, só vivo esperando: assim, pode ser que ele não venha. A bênção, senhor frade.

ANJO DA GUARDA

    Deus o abençoe. Boa viagem para você e volte logo.

RETIRANTE

    Amém. Louvado seja Nosso Senhor Jesus Cristo.

PEREGRINO e ANJO DA GUARDA

    Para sempre seja louvado. *(Sai o RETIRANTE.)*

PEREGRINO

    Parece que nós nos perdemos para sempre de João.

ANJO DA GUARDA

    Que é isso? Está desanimado?

PEREGRINO

    Não, enquanto tiver sua ajuda, terei coragem. Confio mais no senhor do que em mim mesmo.

ANJO DA GUARDA

    Por quê?

PEREGRINO

    Primeiro, porque o senhor é frade, depois porque eu sou pai de João e não posso ficar de cabeça fria, vendo-o perdido. Mas quanto trabalho o senhor está tendo, por minha causa!

ANJO DA GUARDA

    Nada, já estou acostumado, minha profissão é essa. O que me preocupa é que pressinto certas coisas a respeito de João.

PEREGRINO

    Terá morrido?

Anjo da Guarda

    Ah, isso não.

Peregrino

    O senhor fala com tanta certeza. Por que diz isso?

Anjo da Guarda

    Eu teria sabido na certa. É alguma coisa que não conhecemos, do contrário eu o teria achado.

Peregrino

    E o príncipe sem medo?

Anjo da Guarda

    Que é que tem ele?

Peregrino

    O que é que o senhor acha? Existe mesmo?

Anjo da Guarda

    É possível, não sei. Só vendo. *(Entra o Retirante correndo.)*

Retirante

    Ai, meu Deus! Me acuda, senhor frade!

Anjo da Guarda

    O que é isso? O que é isso?

Retirante

    O príncipe sem medo. Vem aí!

Peregrino

    Mas você não disse que só vivia esperando e que assim ele não aparecia?

RETIRANTE

>Pois foi por isso mesmo. Eu me convenci demais, aí ele apareceu.

ANJO DA GUARDA

>Mas como é que você sabe?

RETIRANTE

>Vi os batedores que andam sempre na frente dele. Corra, senhor frade!

ANJO DA GUARDA

>Eu não, eu fico.

RETIRANTE

>Então seja feliz, porque eu vou. Corram, corram! Ai meu Deus, o príncipe sem medo! *(Sai correndo. Ouvem-se, fora, pancadas de tambor.)*

ANJO DA GUARDA

>Um pressentimento escuro está assaltando a fonte de minha razão celestial.

PEREGRINO

>De sua razão celestial?

ANJO DA GUARDA

>Não, que nada. Razão celestial, a gente às vezes diz cada coisa! Tenho uma ideia. Saia, que eu vou me esconder aqui. Quero ver esse príncipe sem medo.

PEREGRINO

>Talvez seja melhor que eu fique. Não quero deixá-lo só aqui, pode lhe acontecer alguma coisa.

Anjo da Guarda

Que nada, estou com minha cruz aqui. Ela me defenderá. Saia, saia logo.

O Peregrino sai e o Anjo da Guarda se esconde. Entram o Cego e o Guia, mascarados, com as fisionomias despersonalizadas, iguais. Cada um traz um tambor, que faz soar monotonamente.

Cego e Guia

Novo reino de treva e tempestade,
de terra, de cegueira e de poder!
Raízes, sombra, águas escuras, sangue
lutando contra a morte, a sede e a fome.
Em tudo isso manda João Sem Medo,
o príncipe do caos e da discórdia.
Ele é o canto mortal da própria força
que conquistou à custa de seu nome.
Afastem-se, mortais, que é João Sem Medo,
mandante dos que mandam nesta terra.
Que se levantem muros de silêncio!
Que se faça o deserto e trema a serra!
Que o barco se refaz de popa a proa
à chegada do grande João Sem Medo
que estende mais e mais sua coroa!

Os dois saem, rufando os tambores, cujo som continuará fora. Um toque de clarim e entra o príncipe João Sem Medo, magnificamente vestido e com o rosto coberto. Depois de lançar olhares desconfiados para todos os lados, tira o véu. É JOÃO DA CRUZ, com o rosto envelhecido e angustiado. O CEGO e o GUIA vêm para o limiar e, sem que JOÃO os aviste, tiram as máscaras e ficam a zombar dele, enquanto fala. Estão sem os tambores.

JOÃO

Um ano se passou e a chave de ouro
me deu todo o poder que eu desejava.
Mas, com esse poder, deu-me também
a visão de um poder sempre maior,
que meu sangue queria e se afastava!
Ah, sede de poder sempre crescente!
Este meu nome é um cravo de diamante
voltado contra mim, contra meu sangue.
Mas este se debate no passado:
é como se eu tivesse tido um outro.
Mas que me importam nomes do passado?
Cresçam, meus sonhos de poder! Arrastem-me
com vocês para dentro desse fogo!
E que o cego fatal que me dotou
com a turva coroa de meu sangue

venha ao lugar em que me entronizou
e em que se oculta a força de seu jogo.

Esfrega a chave que traz ao pescoço. Raios e trovões. A cena escurece e, quando volta a luz, o CEGO e o GUIA estão diante de JOÃO.

GUIA

Ah, o príncipe João, que não tem medo!
Como se foi de reino? Mandou muito?

CEGO

Então? Teve ou não teve o prometido?

JOÃO

Sim, você não mentiu, cego do diabo.
Tenho glória e poder, graças à chave.
Ela me abriu as portas que sonhei.
Mas quero mais poder, cada vez mais!

GUIA

Não lhe basta a conquista que já fez?

JOÃO

Meu sangue está sedento e eu também. Sonho com novos reinos além deste. Novos tronos que a chave me mostrou e cujas varas de ouro ilimitado estão gravadas dentro de meu sangue. Ouço um canto sem voz e enlouquecido que ergue um templo na pedra do furor, brilhando sob um sol negro e sedento! Para onde isso me leva? E eu, quem sou?

Guia

Isso não significa nada. As pessoas como você sonham sempre com essa intensidade. É mesmo isso que faz de você um herói de sua têmpera. E esses sonhos são como árvores, replantadas nas raízes dos reinos conquistados para rebentar de novo.

João

Mas há sempre a ameaça do passado.

Cego

Do passado? Que quer você ainda com o passado?

João

Sinto uma estranha sensação de perda, como se tivesse perdido qualquer coisa aqui na estrada. Eu já tive outro nome?

Cego

Que nada! Outro nome? Você é João Sem Medo e sempre foi. Que outro nome poderia ter você?

Guia

Você não se orgulha de um nome tão famoso, gravado até nos frutos, nas serras e nos fuzis dos cangaceiros?

João

Sim, orgulho-me de meu nome. João Sem Medo é um nome muito grande. Fecho os olhos ao mais. São fraquezas que nascem nas horas escuras da noite e das estrelas.

Cego

    Agora sim, reconheço o meu grande João Sem Medo.

Guia

    Mas para que você nos chamou à encruzilhada?

João

    Para saber as bases do negócio que você me propôs da outra vez, rei cego. Onde está o cavalo prometido?

Cego

    (Rindo.) Então a chave não lhe basta mais?...

João

    Não. A chave já não basta à minha sede, maior do que a da terra perseguida pelos potros de fogo desta seca...

Cego

    É preciso ir ao reino novamente. Tem coragem? Ou vai tremer de novo?

João

    Meu nome é João Sem Medo. Irei ao reino.

Cego

    Vá na frente.

João

    Mas como?

Cego

    Esfregue a chave.

JOÃO

>Pois irei conquistar esse cavalo. *(Esfrega a chave. Trovões e relâmpagos).*

CEGO

>Venham, forças sem nome dos infernos! Conduzam para o reino a nossa chave e seu escravo, o príncipe sem medo! *(Cessam os trovões. JOÃO DA CRUZ desaparece.)*

GUIA

>Muito bem. Você trabalhou como nunca. O antigo João da Cruz há de ser nosso.

CEGO

>Eu quero o maior bem que possa retirar dele. O dom supremo, o dom de sua alma. De sua alma, de sua alma. Mas convém ir aos poucos para não assustar o nosso príncipe.

GUIA

>Eu quero aquele corpo para a terra. A carne ressuscitará e, se você conseguir a alma dele, ela será pasto de tudo aquilo que represento e para que vivo. Siga agora o caminho de seu reino, no rastro do grande João Sem Medo. Eu irei com você, para ajudá-lo. *(Raios e trovões. Escuro. Desaparecem. Entra o ANJO DA GUARDA.)*

ANJO DA GUARDA

> Então era isso, João da Cruz andava a braços com forças infernais. Isso não acaba bem, nem para mim nem para ele. O jeito é esperar que ele regresse.
> *(Entra REGINA.)* Regina!

REGINA

> *(Entrando.)* O senhor me conhece? Pois então deve conhecer João da Cruz também.

ANJO DA GUARDA

> Conheço-o, mais do que você pensa.

REGINA

> De onde nos conhece?

ANJO DA GUARDA

> Já preguei uma missão em Taperoá.

REGINA

> Ah, bem. E sabe me dar alguma notícia dele? É vivo ou morto?

ANJO DA GUARDA

> Vivo. Você está à sua procura?

REGINA

> Estou, parece que minha sorte é procurar quem se perde.

ANJO DA GUARDA

> Saiu há muito tempo?

REGINA

> Saí hoje pela manhã. Estamos longe?

Anjo da Guarda

> A umas três léguas de Taperoá. Por que resolveu sair hoje?

Regina

> A mãe dele me pediu. Ela está para morrer. Deixei-a agonizante. Pediu que eu viesse procurar o filho dela. Sei que foi coisa da agonia, mas prometi e vim.

Anjo da Guarda

> Então ela está à morte... Coitada, era uma boa mulher.

Regina

> O senhor a conheceu também?

Anjo da Guarda

> Conheci. Daqui a pouco João voltará para aqui. Vamos esperá-lo. Por enquanto ele viaja para um reino de brutalidade, chamas de treva e duras tempestades. Vamo-nos esconder para esperá-lo.

Saem. Escuro. Quando as luzes se acendem, o Cego está novamente sentado no trono do aposento do inferno, com o Guia ao lado. João da Cruz está de pé, esfregando a cabeça, estonteado.

João

> Ah, até que enfim você chegou. Por que essa demora?

Cego

Passei por uma tempestade que me atrasou na viagem.

João

Pouco antes de vir, lembro-me de ter ouvido você falar. Mas está tudo tão confuso... Você me chamou escravo desta chave?

Cego

Escravo? Eu não chamei ninguém escravo. Se a chave é quem lhe serve... Como poderia você ser escravo dela? Se a chave é quem lhe serve, você é que é o rei. *(Relincho fora.)* Está ouvindo?

João

O quê?

Cego

Esse relincho. É seu cavalo que chama, carinhoso, pelo dono. O que é que você responde? Você o quer?

João

Ele pode aumentar o meu poder?

Cego

Pode sim.

João

Então eu o quero. Com o sangue de meu corpo, com tudo o que em mim grita por poder.

Cego

Então há de montar no potro negro,
e há de ver todo o mundo lá de cima.
Seus flancos são bandeiras de vitória,
que espumejam na cólera da guerra!
Você desfraldará essas bandeiras
e aos toques de clarim, de som dourado,
comandará o exército da terra.

João

Mas que devo lhe dar em troca dele?

Cego

Você deve me dar um simples gesto.

João

Um gesto? Com que fim? Que gesto é esse?

Cego

Você há de ver já. Traga a mulher. *(O Guia entra na gruta ou no lugar designado para isso e volta acompanhado por uma mulher com o rosto coberto.)*

Mulher

Tenha pena de mim que vou morrer! Misericórdia, príncipe sem medo!

Cego e Guia

Um gesto só, um gesto, João Sem Medo.
Um gesto dessa mão será bastante.
E entregará essa mulher à morte,
por trás daquela arcada chamejante.

João

Não. Matá-la por quê? Solte a mulher!

Cego

Vai mandar soltá-la?

João

Vou, ela não fez nada comigo!

Cego

Então vai perder o cavalo. É pena.

João

Só por isso? Afinal que significa essa morte?

Cego

Era ela que ia provar que você é digno do cavalo. Só aqueles que não têm piedade estão à altura dele. Se não fosse assim, eu iria escolher João Sem Medo para propor tal negócio? Então? Não tem coragem? É um gesto em troca do poder nunca alcançado até agora por nenhum mortal em sua terra.

João

Não gosto de matar. Não morrem nunca os olhos que matei. Eles me encaram assim como em tristeza e compaixão do cerne das raízes, nas estradas e nas pedras solenes do sertão.

Cego

O cavalo lhe dará esquecimento, quando você precisar e pedir. Faça o gesto! Ah, bem que eu estava desconfiado: você está com medo. E seu nome, vai perdê-lo? Vai perder esse nome de João Sem Medo que é a causa do terror que você inspira e do poder que tem?

JOÃO

O potro matará a sede estranha de poder e desejo que me mata?

CEGO

Você será mais poderoso do que foi ou sonhou ser até agora. E se a sede crescer mais do que você, dar-lhe-á o esquecimento de que você precisar.

MULHER

Então vou ser sacrificada! Você não sabe quem sou eu na terra, quem precisa de mim, qual a minha utilidade, o estado em que minha alma se encontra. Mesmo assim vai me entregar à morte, João Sem Medo?

JOÃO

(Erguendo o braço.) Não gosto de ouvir lamentações. Eu estava hesitando e você veio me irritar com suas queixas. Assim, foi você quem ergueu a voz. Eu só estou lhe emprestando o braço para o gesto.

MULHER

Mas eu...

JOÃO

Cale-se, você só está aumentando minha cólera e minha impiedade. Já disse que não gosto de ouvir lamentações.

CEGO e GUIA

    A culpa é dela: o pranto é seu enredo!
    Baixe o braço que ergueu contra a vontade!
    Mostre que é valente e sem medida!
    Ordene a morte, ordene, João Sem Medo!

MULHER

    Ai de mim! Condenada sem ofensa! Ó meu silêncio, como apaziguá-lo!

JOÃO

    Falou mais uma vez. Foi a sentença! Levem-na, pois, e tragam meu cavalo. *(Baixa o braço. O GUIA arrasta a mulher para a gruta.)*

MULHER

    Tenha piedade, João, tenha piedade!

CEGO e GUIA

    Não, nunca! Ela não vale um cavalo! *(João tapa os ouvidos com as mãos. O GUIA desaparece com a mulher. Um grito.)*

CEGO

    Muito bem, João Sem Medo. Você provou sua coragem e sua impiedade. Pode voltar.

JOÃO

    E meu cavalo? Onde está?

CEGO

    Na encruzilhada, esperando por você. Esfregue a chave. Pode ir sozinho, agora já tenho confiança em você. É quase meu.

JOÃO

> Então eu vou. *(Esfrega a chave. Trovões. Escuro. Novamente na encruzilhada. JOÃO DA CRUZ desmaiado. Entram o ANJO DA GUARDA e REGINA.)*

REGINA

> Até que enfim, meu João, depois de tanto tempo! Mas como o carpinteiro está mudado! Acorde, João! Tão envelhecido, coitado, nem parece o mesmo João!

JOÃO

> Onde está meu cavalo poderoso?

REGINA

> João da Cruz! Não me viu? Nem falou comigo! João!

JOÃO

> Com quem você está falando? Meu nome é João Sem Medo. Trema. Fuja diante deste nome.

ANJO DA GUARDA

> João Sem Medo? Então você não se chama João da Cruz?

JOÃO

> Não e não diga esse nome novamente!

ANJO DA GUARDA

> Que nome? João da Cruz?

JOÃO

> Sim. Não gosto dele e não gosto também que me contrariem. Eu posso tudo.

Anjo da Guarda

Tudo? Até contra o passado? Seu cavalo está ali, à sua espera. Não vai? Você não se chama João Sem Medo?

João

Chamo-me e não pense que me intimida com suas ameaças sobre um passado que nem ao menos sei se existe. Não sei como você veio a saber do meu cavalo, mas não tenho medo de você. E vou em busca dele.
(Vai sair, mas para diante do Peregrino, que vem entrando solene.)

João

Quem é você que ousa tomar a minha frente desse modo?

Peregrino

Sou seu pai.

Anjo da Guarda

Onde esteve até agora?

Peregrino

Não sei. Saí como o senhor me ordenou e caí perto da estrada. Tive um sonho esquisito e muito triste. E tenho certeza de que vi a verdade, nele.

João

Que foi que você viu?

Peregrino

Vi minha mulher morta.

REGINA

>Ela estava doente, deixei-a agonizante.

PEREGRINO

>Então é verdade. Sou seu pai, João da Cruz. Você ordenou uma morte, tenho certeza. E enquanto isso, no mesmo instante, sua mãe morria em sua casa, na casa que foi dela a vida inteira. Volte agora, você deve acompanhar sua mãe à sua última morada.

JOÃO

>Então essa mulher... Não! Minha mãe? Não me lembro de ter tido mãe. E não me chame João da Cruz! Meu nome é João Sem Medo!

ANJO DA GUARDA

>Lembre-se, João da Cruz! Por Deus, pelo amor de Deus!

JOÃO

>*(Cobrindo o rosto.)* Não, não posso nem quero me lembrar. Então aquela que matei em troca do cavalo...

ANJO DA GUARDA

>Está lembrado? Seu crime é muito grande, mas o amor de Deus pode lavar tudo. É tempo ainda, João. Volte para casa!

REGINA

>Sim, João, volte para casa. Lá você estará mais abrigado. Volte! Volte!

João

    Sim, irei ver essa casa de que falam. Todos vocês irão comigo. E cuidado. Não pensem que me enganam com palavras. Eu vou, mas meu cavalo vai também. Ele me garantirá contra vocês. Meu cavalo! Leve-nos daqui! *(Raios e trovões.)* Preciso libertar-me do passado! Leve-nos para a casa de onde vim! *(Escuro. Quando a luz se acende, o GUIA se dirige ao público.)*

Guia

    Assim, como vocês tiveram oportunidade de ver, o espetáculo tomou o freio nos dentes, como o cavalo de João Sem Medo. O céu e o inferno misturaram-se com a terra, como eu tinha prometido e até de um modo que eu não previra. Enfim, a ação caminha e com ela o cavalo de João da Cruz, que traz todos para casa pelos ares. Abramos a cortina e, enquanto me afasto, vocês poderão ver a continuação dessa história, cheia de coisas grandes e mesquinhas, como qualquer história de homem.

Descerra a cortina da casa de JOÃO. Escuro. Quando as luzes se acendem, REGINA entra pela porta, como que impelida por uma força invisível.

Regina

    Que viagem esquisita pelas nuvens! Estávamos na encruzilhada, tão longe, de repente João nos trouxe com suas artes pela estrada de sono e de silêncio, onde uma hora passa num instante! *(Entram João da Cruz e Peregrino, do mesmo modo, impelidos pela mesma força.)*

João

Então? Acreditaram agora em João Sem Medo? Meu poder é maior do que o passado. E você, Peregrino, pode tremer agora. Você há de pagar o abalo que causou nas grutas escondidas, onde mora meu nome que firmei com sangue e treva!

Peregrino

Você fará o que quiser, João da Cruz. Isso não me impedirá de dizer, até a morte, que você é meu filho João da Cruz. E se você anda com poderes estranhos, maior do que todos eles é Deus, pai de nós todos.

João

De mim também?

Peregrino

Sim, pai de nós todos. Não o recuse, João. Você é livre, apesar de tudo. Escolha o lado bom e será salvo. Nunca mais pesará sobre você a escravidão em que vive agora, aprisionado por essas forças que já começaram a desfigurá-lo.

Regina

Ah, João, escolha o lado bom! Volte à casa de seu pai, volte à madeira e volte para aqueles que se sentem sós desde que você saiu.

Peregrino

> Fique, meu filho. Você não ficará só. Seu pai há de ficar aqui também.

João

> Não! Calem-se, calem-se os dois. Vocês querem que eu perca meu poder. Não me chamo João da Cruz. E não tenho alma de escravo como vocês.

Peregrino

> Então contemple o quadro que você mesmo traçou e que me deu em troca do presépio. *(Abre a cortina do presépio. Um caixão preto, com quatro velas compridas nos cantos.)*

João

> *(Recuando.)* Eu não sabia que era minha mãe!

Peregrino

> Bastaria saber que era uma pessoa. Ela morreu pedindo piedade a você. Mas, mesmo assim, não chorava, e falava como se o perdoasse.

Regina

> Então, João da Cruz? É triste voltar assim para casa, não? Cheio de poder, ao que parece, mas encontrou sua mãe morta.

Peregrino

> Ainda é tempo de pensar. Veja o que decide. Vou esperá-lo em nossa velha tenda.

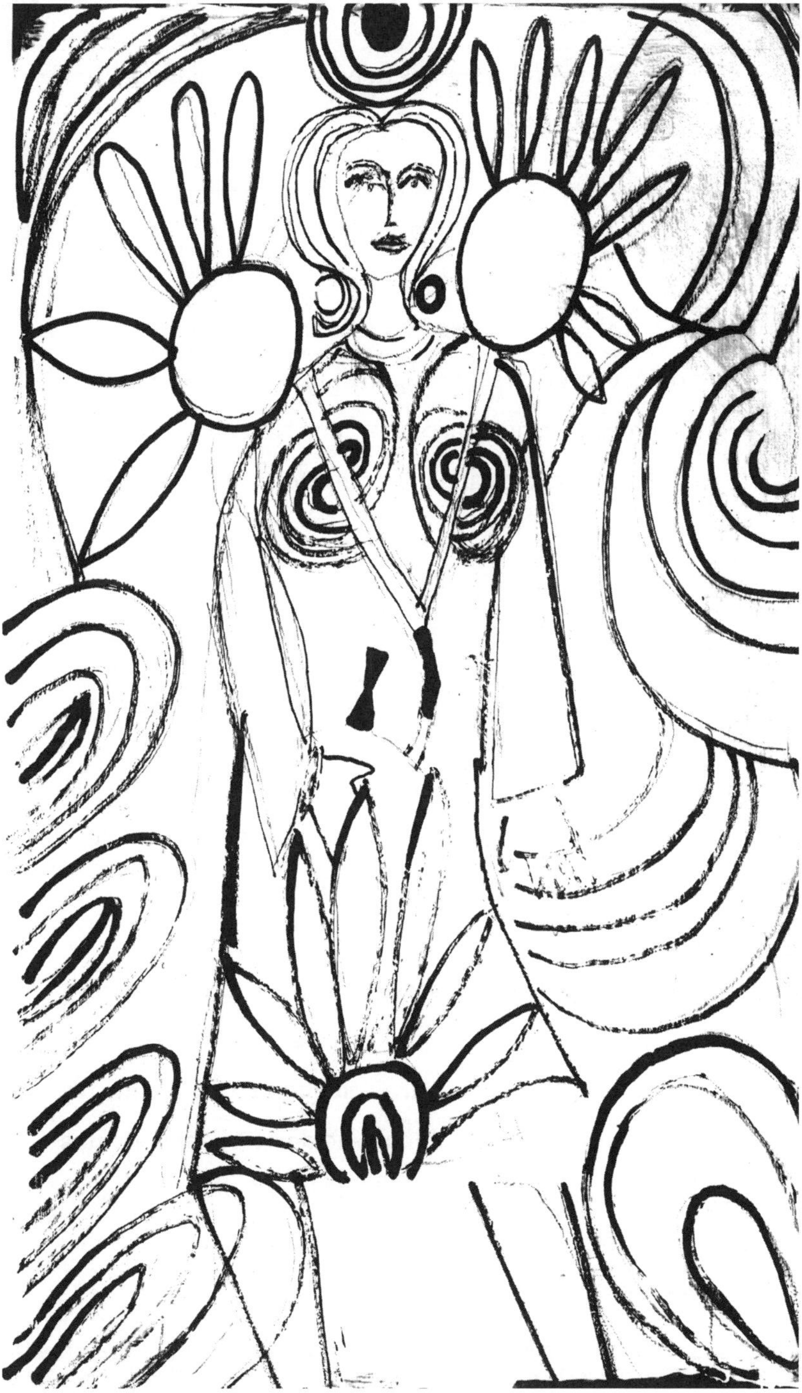

REGINA

    Eu irei encontrá-lo, mas depois. Quero falar com João.
(Sai o PEREGRINO.)

REGINA

    Está vendo, João, quantos males você causou?

JOÃO

    Não fui a causa disso. Nem me interessa saber se fui ou não. Meu desejo é o poder. Preciso lutar por meus sonhos. Por meu barco, por meu reino e pela coroa que me prova a cada instante que minha alma é de rei e não de escravo.

REGINA

    Mas perdeu sua terra e seu passado. Você não sente falta de seu velho nome?

JOÃO

    Não, não, não! Nunca senti, até que vocês apareceram. Mas, mesmo agora, foi coisa de momento. João da Cruz, João Sem Medo, que me importa?

REGINA

    Ah, João da Cruz, importa, importa muito. João da Cruz era o moço carpinteiro, cuja alma era honrada e simples como uma pedra. A madeira e o trabalho da casa de seu pai mantinham-no de pé quando alguma coisa o abalava. E tudo ia bem. João Sem Medo é o raio do ódio e da morte, o homem da noite cuja vida estraga a do carpinteiro no que ela tem de mais seu, no sangue de suas raízes, antes invioláveis. Volte a seu nome, João. Volte à antiga fonte de madeira e seja de novo João da Cruz, apoio de nós todos! Sua mãe está morta, seu pai está sozinho. Ele está esperando por você. Vá ter com ele, eu irei também. Tudo esquecido, voltaremos para levar sua mãe e ela bem o merece, era humilde e boa.

JOÃO

Não, saia daqui! Sou príncipe na terra e quero ser assim até a morte. Só eu tenho poder para julgar meus atos e desejos. Vá você para a tenda. O peregrino que espere a decisão!

REGINA

De João da Cruz?

JOÃO

Não, de João Sem Medo. Se eu não for logo é porque não irei mais. Vá, deixe-me só. *(Sai REGINA.)*

JOÃO

Agora, que estou só, posso julgar-me.
Quem sou eu, João da Cruz ou João Sem Medo?
Meu nome João Sem Medo deu-me força.
A prata deu-me fogo e minha luz.
Mas entre plantas de poder e sono,
entre árvores de prata e leitos de ouro,
onde está meu perdido João da Cruz?
Ó madeira, ó infância, ó juventude!

Ó solidão de agora, que fazer?
Como escapar à turva divisão?
"O reino dividido é assolado."
Que querem tais palavras me dizer?
É melhor não lutar. Fugir, fugir.
Um pouco de descanso e esquecimento,
de sono escuro, sombra e negra paz.
Ó meu cavalo, dê-me esquecimento.
Que por alguns momentos meu espírito
seja envolvido pelo manto espesso
que o sono traz ao sangue dos mortais.

Cai adormecido. Raios e trovões. Entram o CEGO e o GUIA.

CEGO

Adormeceu o príncipe sem medo. Está cansado das batalhas de sua alma.

GUIA

É, você está escarnecendo dele, mas perdeu quase todo o seu trabalho.

CEGO

Não perdi o essencial. Ele está dormindo por artes do cavalo que lhe dei e que é somente um demônio disfarçado. Aquela mulher que mostrei a ele, e que se batia contra a morte certa, era a imagem da mãe que, aqui na terra, estava na verdade a ponto de morrer. Era só uma imagem mas bastava. Eu queria somente ver até que ponto João se entregara ao fogo que me abrasa.

Guia

Pois trate de levá-lo novamente ao reino. Só assim poderemos recuperar o que já se perdeu.

Cego

Não posso, não posso, não posso. João é livre. Você sabe que eu vivo acorrentado, só posso morder quem se aproxima livremente de mim.

Guia

Então deixe João comigo alguns instantes, como eu fiz com você, na estrada.

Cego

Que é que você vai fazer? Cuidado, todo o cuidado é pouco.

Guia

Vou convencê-lo a pedir esquecimento ao cavalo. Mas não por alguns momentos, como há pouco. Quero que ele o peça para toda a vida.

Cego

É um bom plano. Pois se João adormecer por toda a vida, a parte que ainda está conosco, envenenada como está, dará seus frutos e ele, adormecido, nos entregará sua alma inteira.

GUIA

Não lhe basta a metade que ainda temos?

CEGO

Não, não basta. Você não viu o resultado de só termos essa sob nossas ordens? João da Cruz, apesar de tudo, está indeciso entre a madeira da casa de seu pai e a prata de meu barco poderoso, cuja posse eu lhe daria em troca de sua alma, na terceira visita que ele havia de fazer a meu reinado.

GUIA

Pois vou tentar.

CEGO

Confio em você. Veja se o adormece. A luz vermelha do pecado me anuncia que devo regressar, meu reino me chama. *(Raio. Desaparece. O GUIA desperta JOÃO.)*

GUIA

Então, príncipe, estava dormindo? Faz bem. O sono é uma grande coisa, descansa a carne, afasta as agonias... Dormir é muito bom, príncipe João.

JOÃO

Eu estava dormindo nos braços de um sono profundo. As coisas todas me apareciam como se estivessem envolvidas numa névoa sonolenta, anterior à discórdia e à confusão.

GUIA

Você nunca tinha dormido assim?

JOÃO

Não, nunca. O sono de hoje era como se fosse um sono completo. De sangue e de corpo.

GUIA

E você adormeceu só?

JOÃO

Só? Como?

GUIA

Sem ajuda de ninguém.

JOÃO

Não. Foi meu cavalo que me mergulhou nesse mar de sono claro.

GUIA

Acredita agora em seu poder?

JOÃO

Acredito. Isto é, não sei bem. Estou confuso. Sinto-me tão indeciso em tudo! Pedi para dormir por causa disso.

GUIA

Mas você, João Sem Medo! Sentindo-se indeciso! Onde está sua coragem tão famosa?

JOÃO

Eu nem sei mais se já tive essa coragem. Quando voltei para a estrada com o cavalo, encontrei na encruzilhada um peregrino que se dizia pai de um tal João da Cruz. Esse nome me causou um abalo enorme.

Meu passado começou a me pesar de entre as grades da memória. Serei eu esse João da Cruz de que eles falam?

GUIA

Que interesse pode ter isso para você? Por que isso o perturba tanto?

JOÃO

Porque, se é verdade o que eles dizem, mandei matar minha mãe, lá no reino da cegueira, em troca do poder do meu cavalo!

GUIA

Em troca do cavalo? Que tolice, João! Se ela estava no reino, como pode ter morrido aqui no mundo?

JOÃO

É verdade.

GUIA

Não é mesmo? Descanse, João Sem Medo! Monte no cavalo e parta a conquistar o que lhe falta. Somente assim o cego lhe dará seu barco e você poderá ser um rei no mundo.

JOÃO

Talvez você tenha razão. Mas, mesmo assim, o remorso se apodera das fontes de meu ser. Que farei?

GUIA

Você não ama a terra, João Sem Medo?

João

>Amo, sim. Mas tenho medo da sede que ela traz.

Guia

>Agora, pelas serras do sertão,
>a seca com seu manto chamejante,
>imobiliza pássaros, rebanhos,
>as pedras e os roçados de algodão.
>Se você exigir de seu cavalo,
>ele há de lhe doar um bom roçado,
>um jardim sem memória, onde a lembrança
>não permite o remorso malfazejo,
>nem perturba as raízes do passado.

João

>Um jardim de fartura, onde a memória
>não perturba as raízes do remorso
>e onde há sono, fartura e esquecimento?

Guia

>Onde os gritos sem lei dos outros homens
>só chegarão com seu consentimento.

João

>É mesmo?

Guia

>E então? Os dias passam lá sem que você os sinta, à sombra das baraúnas, que nunca perdem suas folhas. A água lá é eterna e passa cantando por entre as mais belas pedras do mundo.

JOÃO

Tenho medo da solidão.

GUIA

Lá, você terá as mulheres que desejar. Elas passeiam por entre as árvores, correm, se entregam... Você será mais poderoso do que já foi até hoje. *(Toque de sino.)* Quem tocou esse sino?

JOÃO

Um sino? Não o ouvi.

GUIA

(Trêmulo.) Mas eu o ouvi. Tenho que ir. *(Sino.)* Ai! Tenho que ir, pense bem no que lhe disse!

Raio. Desaparece. Entram o ANJO DA GUARDA e o ANJO CANTADOR, ambos invisíveis, vestidos de anjo.

ANJO DA GUARDA

(Postado diante de João.) Então você está aí, ovelha ordinária!

ANJO CANTADOR

Tinha fugido de novo?

ANJO DA GUARDA

E então? Fugiu usando o poder maligno a que tem direito agora, depois que se entregou ao cego. Você não viu aquele cavalo preto que nos mostrou os dentes, quando passamos?

Anjo Cantador

Vi.

Anjo da Guarda

É um demônio disfarçado. O cego deu-o a esse idiota. Foi o cavalo quem trouxe João, Regina e o Peregrino. Eu vim só.

Anjo Cantador

Atrasado como sempre.

Anjo da Guarda

Atrasado, mas sempre seguro. Seguro como sempre.

Anjo Cantador

É, está se vendo. Que é que você vai fazer agora?

Anjo da Guarda

Vou me vestir de frade e entrar de novo. *(Veste o hábito de frade junto da porta e entra. O Anjo Cantador permanece invisível.)*

Anjo da Guarda

Até que enfim chego à sua casa, João.

João

Ah, é você. Para vir de Estaca Zero a Taperoá levou esse tempo todo? Vê-se bem que você nunca passará de um frade velho.

Anjo da Guarda

Sim, sou velho. Mas, velho desse jeito, tenho três vezes mais juízo do que você. Seu pai está esperando por você na tenda. Com a morte da mulher, vai ficar só. E quero avisá-lo de uma coisa: se você o deixar, ele morrerá também.

JOÃO

Como é que você sabe?

ANJO DA GUARDA

Eu posso ver mais do que você pensa. Daqui de onde estou, posso vê-lo. Ele o espera, espera, espera. Está cada vez mais velho e triste. Sente-se cansado e solitário. Sente como que sua mulher chamando por seu nome. Quer ir cada vez mais. E se você não for, não terá mais nada a fazer aqui. E Deus atenderá a seu pedido.

JOÃO

Feitiçaria. Já estou cansado de ver essas molecagens, sabe? Parece que tenho sorte com feiticeiro, só vejo profetas para todo lado! E a feitiçaria que me dá mais raiva é feitiçaria de padre, ouviu? Não me venha mostrar coisa nenhuma!

ANJO DA GUARDA

Bem, você está avisado. Você é livre, irá para onde quiser. Procuro somente lhe apontar o caminho.

JOÃO

Então mostre o caminho do jardim onde o remorso e a dor não têm lugar.

ANJO DA GUARDA

(Mostrando o presépio.) Prefiro mostrar este. Siga o caminho que seus pais seguiram.

JOÃO

Não. Meu cavalo é mais sábio do que você. Sabe fazer o que me agrada. E sabe me dar aquilo de que preciso, o esquecimento que não existe aí. *(Entra REGINA, desesperada.)*

REGINA

Ah, João, seu pai está morrendo!

JOÃO

Onde?

REGINA

Aí fora. Veio comigo da tenda e começou a se sentir mal no caminho. Está para morrer e quer ver o senhor frade! *(JOÃO corre com o ANJO DA GUARDA para fora e volta do limiar cobrindo o rosto com o braço. O ANJO DA GUARDA sai.)*

JOÃO

Está morto?

REGINA

Está à morte, seus minutos estão contados. Seja digno dele, João, seja um filho à altura deste casal, unido até na morte. Ocupe seu lugar e acompanhe seus pais até o cemitério. Depois volte à tenda de seu pai e renuncie a essa vida que o está matando!

JOÃO

Não. Não quero saber de meu passado. Dura prisão é este mundo em que vocês querem me aprisionar.

Venham, forças do reino da cegueira, aos olhos destroçados do meu rosto! E você, meu cavalo, liberte-me das grades da memória. Ao roçado de sono e de fartura! Quero dormir, de um sono para sempre e sem desgosto. *(Raio. Escuro. João da Cruz desaparece. Volta o Anjo da Guarda.)*

Anjo da Guarda

Morreu o carpinteiro peregrino, morreu em paz. E João da Cruz? Fugiu?

Regina

Fugiu. Valeu-se novamente do cavalo.

Anjo da Guarda

Então foi se entregar ao esquecimento. Mas hei de achá-lo.

Regina

Tenha por ele o cuidado que merece.

Anjo da Guarda

O que merece, não. Terei por ele o cuidado que seu pai pediu. Ajude-me também. Talvez possamos salvá-lo, apesar de tudo o que já fez. Levemos o caixão. Vamos enterrar os pais de João da Cruz. *(Levando o caixão.)* "Eu sou a ressurreição e a vida. Aquele que crê em mim, ainda que esteja morto, viverá. E todo aquele que vive e crê em mim não morrerá eternamente." Acredita nisto?

REGINA

    Acredito, sim. Sei que Jesus foi o Cristo, Filho de Deus vivo, que veio a este mundo. *(Saem os dois. Raio. Aparecem o CEGO e o GUIA.)*

CEGO

    Eis a casa vazia. E nesta mesma hora em que os pais caminham para o céu pelas estrelas, João se entrega ao esquecimento em seu jardim. Esse esquecimento trará sua alma para meu reino e entregará, na terra, seu corpo à corrupção. Seu corpo enfim vencido, para sempre, pelo aguilhão da morte.

GUIA

    Não sei, não estou seguro. Ainda é cedo para esse regozijo.

CEGO

    É possível, ainda está com medo? Lá onde João se encontra só chegará gente se ele chamar. Isto ele nunca fará, pois tem mais medo do passado do que de tudo. A perdição dele é certa, é certa, é muito certa!

GUIA

    Quero o seu corpo para a terra quente.

CEGO

    Eu, que sua alma nunca chegue às águas.

CEGO e GUIA

    Essa é nossa missão desde o princípio.

Cego

    João está no seu roçado de sono. Passeia para um lado e para outro e não se lembra de mais nada. Não há mais nenhum caminho para o remorso. Ah, e essa cegueira que me impede de ver João da Cruz em seu roçado!

Guia

    Vamos lá. Eu vejo tudo e descreverei para você, imagem por imagem, a fortuna de que João da Cruz está gozando.

Cego

    Imagem por imagem! É mesmo. Se ele soubesse, hein? A fortuna de João da Cruz é reduzida a quatro ou cinco imagens ilusórias que inventei e que podem se acabar em menos de um segundo. Vamos?

Guia

    Vá na frente. Eu logo o seguirei. *(Raio. Escuro. O Cego desaparece e o Guia se dirige ao público. Aqui pode-se terminar o segundo ato.)*

Guia

    De modo que, ao começar a quinta jornada, e o terceiro ato, a situação é esta que viram! João da Cruz persuadido a se entregar ao esquecimento e nós dois, eu e o cego, procurando, a todo custo, mantê-lo em tal situação, para conquistá-lo. E para que não se diga que não cumpro minhas

promessas, as duas jornadas seguintes mostrarão
o céu misturado com a terra, num exemplo que
atinge João e a todos mais que tenham olhos
para ver. E agora, ao jardim. Uma escada, alguns
apetrechos cênicos facilmente removíveis, e temos
a velha encruzilhada transformada, aos olhos
de João, no roçado de fartura onde não chega a
memória de seus crimes. Nem isso deve causar
espanto, pois ouviram o cego dizer que a fortuna
de João era ilusória, como toda obra de homem. E
todos vocês sabem, além disso, que cada um tem,
cuidadosamente disfarçado dos olhares dos outros,
o lugar de esquecimento em que se esquecem
os crimes de cada dia, para que a vida se torne
possível. E aqui passo novamente a palavra aos
atores, para que o espetáculo possa continuar.

Raio. Escuro. Quando a luz se acende, estão diante da encruzilhada, agora preparada de algum modo, o CEGO e o GUIA. JOÃO DA CRUZ cruza a cena com um girassol na mão, cheirando-o, em atitude sonhadora.

CEGO

Deu resultado o plano que você tramou, João da Cruz
vive agora no jardim, entregue a esse sono que não dá
lugar para o remorso.

Guia

    Infelizmente não podemos estar seguros, pois aquilo esteve aqui e descobriu onde está João.

Cego

    Aquilo? Aquilo o quê?

Guia

    Você sabe tão bem quanto eu. Não gosto de falar dele como se fosse uma pessoa. Quando eu digo aquilo, é aquele camarada de manto azulado que se veste de frade de vez em quando.

Cego

    Ah, aquele cachorro! Deve ter se perdido por aí. Foi embora.

Guia

    Foi embora? Para onde?

Cego

    Não sei, não sei, não sei!

Guia

    Calma, você sabe que só tenho olhos para ver a terra. Ele tem algum outro lugar para ir, além daqui?

Cego

    Não sei, nem me pergunte. Tenho horror a esses seres de manto azulado. São nojentos, abjetos!

GUIA

    São servis, escravos... Não conhecem meu reino nem o barro. E, sobretudo, não conhecem aquilo que o barro esconde nas entranhas.

CEGO

    Mas não há motivo de inquietude, pelo menos agora. É esperar que a vida do esquecimento chegue ao fim. Você então levará seu corpo para a terra e poderá, ao mesmo tempo, assistir à queda de sua alma nas chamas do meu reino.

GUIA

    Cuidado, vem alguém por aí. E é um desses mortais que nos fazem medo, dando-nos uma sensação esquisita e dolorosa.

CEGO

    Eu sei, já estava também sentindo isso. Irmão, leve--me com você. Ah, não me deixe só! Irmão, irmão!

    (Raio. Desaparecem. Entra REGINA.)

REGINA

    Enfim cheguei ao reinado do príncipe esquecido. O mundo caminhou na sua rota e João perdeu-se de nós todos. Mas o frade o encontrou aqui, depois de muito procurar. Ele rezou e uma estrela perdida despenhou--se dentro da alma de João. Mas nada pôde essa estrela contra a névoa que aprisiona em suas grades a memória do príncipe esquecido. E o pior é que o frade desapareceu de nossas vistas e eu estou só. João precisa de minha ajuda e eu preciso também de João da Cruz. Lá vem ele, dos lados do jardim. *(Entra João.)* Ah, João da Cruz, você está aqui. Não se lembra de mim?

JOÃO

Quem é você, amiga? Quem é você? Não posso me lembrar de ninguém.

REGINA

Reaja contra esse esquecimento que impede a memória de seus erros. É um esquecimento criminoso, pois foi você mesmo quem o escolheu. E se você se obstinar em permanecer nele, os erros que você cometeu no passado são bastantes para conduzi-lo à perdição!

JOÃO

Não sei que erros são esses de que você está falando.

REGINA

Nem de seu nome você se lembra mais?

JOÃO

Não, sei vagamente que me chamo João. Não é um grande nome, mas basta para quem tem tudo o que deseja.

REGINA

Ah, João, mas é preciso que você se lembre. Você já se chamou um tempo João Sem Medo. Era um nome de terror e de triunfo, e quando você se chamava assim, cometeu muitos crimes. Você envenenou as fontes da própria alma em troca do poder que acumulou.

JOÃO

As fontes de minha alma?

REGINA

Sim, está lembrado agora? Em troca, recebeu um cavalo poderoso. Sabe Deus que porção de sua alma ficou comprometida e mutilada por causa dessa troca! Foi o cavalo, lembra-se?

JOÃO

Ah, meu cavalo.

REGINA

Sim, seu cavalo, lembra-se?

JOÃO

Lembro-me, sim. Ele está ali. É quem me dá tudo o que peço. Você já viu meu jardim de árvores frondosas?

REGINA

Não. Nunca vi seu jardim, nem quero ver seus bens amaldiçoados.

JOÃO

(Da escada.) Há muita paz ali. É a paz da sombra, à beira d'água, perto de riachos que cantam canções de notas prateadas. Tal música adormece a memória de quem ouve. A minha está repleta desses sons de ouro.

Ah, meu jardim de sombra, já sinto a sua falta. Já vou, já vou voltar para lá. *(Vai saindo.)*

REGINA

João, saia daí! Essa sombra e essa água são malditas. Volte ao mundo!

JOÃO

O mundo é duro! *(Sai.)*

REGINA

É verdade. Mas é essa dureza que permite a luta que nos dá salvação. Volte, volte, João! Fugiu!

Entra o ANJO DA GUARDA, vestido de frade.

ANJO DA GUARDA

Estou de volta, fui buscar ajuda. Onde está João?

REGINA

Fugiu, mas não perdi a esperança de que ele volte. Ele está melhor do que da última vez. Lembra-se de seu velho nome e trata-me com mais bondade, sem aquele ódio que nos espreitava a cada instante.

ANJO DA GUARDA

Entretanto não tem olhos para o sofrimento dos outros nem para o remorso de seus crimes.

REGINA

E o senhor? Onde esteve?

ANJO DA GUARDA

    Fui ao mosteiro.

REGINA

    Ao mosteiro?

ANJO DA GUARDA

    Sim, ao mosteiro onde moro e de onde vim um dia.

REGINA

    Ah, sim.

ANJO DA GUARDA

    Passei por nuvens, estrelas, pelo firmamento, e cheguei afinal à minha casa.

REGINA

    E que trouxe de lá para ajudar a salvar João da Cruz?

ANJO DA GUARDA

    A certeza de que Deus tudo vê. E a solução para o caso dele.

REGINA

    Qual é ela?

ANJO DA GUARDA

    O amor. Só ele pode tirar João da Cruz do esquecimento em que mergulhou.

REGINA

    Então tenho uma solução, uma sugestão para fazer.

ANJO DA GUARDA

    Qual é?

Regina

> Quando nós éramos meninos, um de nossos companheiros salvou João de morrer afogado. João se ligou a ele por uma amizade que durou toda a vida. Chamava-se Silvério, esse amigo. Agora ele é cangaceiro, vive de um lado para outro, perseguido pela polícia, sem achar descanso nem um minuto. Quem sabe se João não era capaz de um sacrifício por ele? Minha ideia é boa?

Anjo da Guarda

> É ótima. Talvez ele se mova pela piedade e pelo amor. E somente assim pode se salvar dessa vida falsa que está levando.

Regina

> Mas como pôr o plano em prática?

Anjo da Guarda

> Ah, isso é comigo. *(À parte, ao Anjo Cantador.)* Irmão, saia e venha vestido como gente.

Regina

> Eu, como gente? E como é que estou vestida?

Anjo da Guarda

> O quê? O que foi que você disse?

Regina

> Eu não disse nada, quem falou foi o senhor.

Anjo da Guarda

> Não falei com você não.

REGINA

E com quem foi que o senhor falou?

ANJO DA GUARDA

Falei ali para fora, com um cantador que eu trouxe lá do mosteiro.

REGINA

E ele não se veste como gente não?

ANJO DA GUARDA

Não, estava muito mal vestido e eu o aconselhei a mudar de roupa.

REGINA

Ah, sim. E que vai fazer o cantador?

ANJO DA GUARDA

Os romances dele vão falar do caso de João. E por meio deles, João terá que se decidir. Amor e piedade unidos são colunas invencíveis. Aí vem ele.

Entra o ANJO CANTADOR, vestido de calça de mescla, alpercatas e camisa abotoada no pescoço. Traz a viola, como sempre.

REGINA

Senhor cantador, ajude-nos, por favor. Precisamos de seus cantos para ajudar um amigo.

ANJO CANTADOR

Farei o que puder. Mas não sei como...

Anjo da Guarda

    É fácil. Vou chamar para cá o amigo de que ela fala. Queremos que ele se lembre de um amigo, para ver se ele fica bom da doença que o atacou.

Anjo Cantador

    Que doença é essa?

Regina

    Está meio esquecido.

Anjo Cantador

    Ah, entendo. Está doido, não é?

Anjo da Guarda

    Mais ou menos. Vou chamá-lo aqui. Você cantará um romance que conte a história de um rapaz que salva o amigo. Depois esse rapaz perde o pai assassinado e, com o ressentimento, cai no cangaço. Perseguido por uma volante da polícia, o rapaz procura salvação junto ao amigo que recusa a ajuda. Sem ter quem o ajudasse, o pobre é morto pela volante. Entendeu?

Anjo Cantador

    Entendi.

Anjo da Guarda

    Então fique aqui que ele já vem. João da Cruz! João da Cruz! Ô João da Cruz! Lá vem ele. Vamos embora, fique só com ele.

*S*aem o A_NJO_ DA G_UARDA_ e R_EGINA_. O A_NJO_
C_ANTADOR_ *fica dedilhando a viola e cantando baixinho.*

A_NJO_ C_ANTADOR_

    Jesuíno já morreu,
    acabou-se o valentão.
    Morreu no campo da honra,
    não se entregou à prisão,
    por causa duma desfeita
    que fizeram a seu irmão.

*E*ntra J_OÃO_ DA C_RUZ_ *com um girassol.*

J_OÃO_

    Olá, o senhor é cantador?

A_NJO_ C_ANTADOR_

    Homem, sou e não sou.

J_OÃO_

    É e não é? Como é isso?

A_NJO_ C_ANTADOR_

    Eu canto para louvar a Deus no mosteiro em que vivo,
    nas estrelas.

J_OÃO_

    No mosteiro em que vive?

Anjo Cantador

    Sim.

João

    Nas estrelas?

Anjo Cantador

    Sim. E minha música é uma só.

João

    É mesmo? Deve ser muito boa, para o senhor cantar assim a vida toda. Como é ela?

Anjo Cantador

    Santo, santo, santo,

    é o Senhor Deus dos exércitos.

    Os céus e a terra estão cheios de sua glória.

    Hosana nas alturas.

    Bendito seja o que vem em nome do Senhor.

    Hosana nas alturas.

João

    É só isso?

Anjo Cantador

    É.

João

    E o senhor canta isso toda a vida?

Anjo Cantador

    Canto.

João

    Esquisito. Mas enfim, cada um com seu gosto, não é?

ANJO CANTADOR

    É.

JOÃO

    E além disso o senhor não sabe cantar mais nada?

ANJO CANTADOR

    Sei, quando é preciso. Sei cantar histórias de bois, de cangaceiros...

JOÃO

    Quer cantar alguma para eu ouvir? Gosto tanto de ouvir os cantadores do sertão!

ANJO CANTADOR

    Então lá vai.

    Meu irmão, ouça o romance
    de Silvério, o cangaceiro,
    que era amigo da pobreza
    e inimigo do dinheiro:
    morreu porque nunca teve
    um amigo verdadeiro.

    Viveram em Taperoá
    dois rapazes do sertão.
    Um chamava-se Silvério,
    o outro chamava-se João.
    Os dois viviam unidos
    por amizade de irmão.

Um dia houve uma trovoada,
uma chuva prematura.
O rio se encheu na noite,
formando a corrente escura,
e João quis cruzar o rio
julgando a sorte segura.

A correnteza arrastou-o,
João viu da morte o deserto.
Gritou: "Silvério, me acuda!"
O amigo, que vinha perto,
atirou-se na corrente,
trouxe João a lugar certo.

A vida tem labirintos
confusos e desiguais:
um inimigo de Silvério
matou seus queridos pais.
Silvério vingou a morte,
sumiu-se pra nunca mais.

Viveu como cangaceiro,
da polícia perseguido,
pois o homem que matara
era rico e protegido.

Nunca matou por maldade,
nem perseguiu desvalido.

Mas sucedeu que a polícia
um dia cercou o pobre,
que a lei da morte é malvada,
pega branco, preto e nobre;
com sete palmos de terra,
qualquer um homem se cobre.

Silvério inda lutou muito,
mas, quando se viu cercado,
correu, pulou uma cerca,
indo cair num roçado
que pertencia ao amigo,
que era já homem abastado.

Ele disse: "João me salve,
que a polícia vem aí!"
João respondeu: "Meu amigo,
a estrada é por ali.
Se você fica, a polícia
me mata também aqui!"

Silvério olhou-o nos olhos
e correu sem dizer nada.

Não pôde chegar no mato:
quando botou o pé na estrada,
uma bala de fuzil
deu fim à sua jornada.

A vida é uma dura estrada,
Raros mantêm gratidão:
Ingratos, depois da morte,
Aparecem como são.
Nosso Deus é quem coroa
O puro de coração.

JOÃO

Não cante mais, maldito!

ANJO CANTADOR

Que é isso? Que foi que eu lhe fiz?

JOÃO

Seu romance foi cantado de propósito!

ANJO CANTADOR

De propósito? Para quê?

JOÃO

Para me lembrar uma coisa que estava esquecida. É tempo de parar.

ANJO CANTADOR

É tempo de parar, não, João, é tempo de lembrar! Você deve sua vida a Silvério. É verdade que agora ele é cangaceiro, mas isso não é da sua conta. Para você, a única coisa que importa é que ele foi seu amigo. Ele vem aí, perseguido pela volante. Que é que você vai fazer para ajudá-lo?

JOÃO

Não sei, não sei! Ah, não se pode viver no esquecimento! Meu passado vem me perseguir onde quer que eu esteja!

ANJO CANTADOR

Não é o passado, João, é Deus! Decida-se: Silvério vem aí.

Um grito. Entra SILVÉRIO correndo.

SILVÉRIO

Ai, João, estou perdido! Só você pode me valer!

JOÃO

Quem é você? Que há?

SILVÉRIO

É a volante, João. Só você pode me salvar. Eu vivo perseguido por toda parte. Silvério corre sempre e nunca dorme. Há sempre uma volante me espreitando, em todo canto. Nas estradas, nos rios, nas estrelas, em toda parte a morte me contempla, de uniforme.

JOÃO

(Em transe.) A volante é meu passado que me procura, não quero ser tocado por seus rifles. Seria aprisionado novamente!

SILVÉRIO

Mas você é a única esperança que me resta. *(Som de tambor.)* Está ouvindo? É o tambor da volante. Já vem perto. Que é que eu posso fazer? A força se aproxima. Ah, João, me dê seu cavalo! Com ele eu poderei fugir!

JOÃO

Que cavalo?

SILVÉRIO

É possível? Você, mentindo? Não acredito, João da Cruz. Eu não vi seu cavalo lá fora? Vai negá-lo? Não, não acredito, João. Me dê o cavalo e eu nunca mais lhe pedirei nada. Mas me dê esse cavalo!

JOÃO

Não, nunca. Meu cavalo é a única coisa que eu tenho para lutar contra a sombra do passado. Fuja só, ainda há tempo.

SILVÉRIO

Pois adeus, João da Cruz! Que é que Silvério ainda quer no mundo depois que João da Cruz lhe nega a vida? Nada, porque nada mais tem valor para ele. Adeus, João da Cruz, amigo ingrato! *(Corre.)*

Rufar de tambores, crescendo. JOÃO tapa os ouvidos. Um tiro.

JOÃO

Valha-me Deus, valha-me Deus, valha-me Deus! Quem sou eu? Silvério vai morrer! Ah, não. Vá, meu cavalo. Perca-se tudo quanto acumulei, contanto que se salve meu amigo. Vá, meu cavalo, e salve meu amigo!

Toque alegre de clarins e fanfarras. JOÃO *cai de joelhos. Entra o* ANJO DA GUARDA *e* REGINA *aparece no alto da escadaria, cantando e dançando.*

REGINA

João da Cruz,
seu jardim acabou-se
e seu cavalo já se perdeu.
Você se libertou
no amor sem mancha,
que seu amigo bem lhe mereceu.

Meu amor, você está livre agora. Grande coisa é o amor!

JOÃO

Estou livre... Mas para quê? É tarde, é muito tarde para mim. Eu me perdi de mim mesmo. Que faço aqui? Que roupas diferentes! Minha vida se acabou!

ANJO DA GUARDA

Comece uma nova, João da Cruz, é tempo ainda!

JOÃO

Estou começando a me lembrar. Mas há tanta coisa confusa, ainda! Meu pai morreu? E minha mãe também?

REGINA

Morreram ambos.

ANJO DA GUARDA

Foram para a morada da justiça.

JOÃO

Então tudo é verdade. É verdade que estive nas cavernas onde numa noite de sangue fuzilam raios de esmeralda. E é verdade que mutilei minha alma em troca do poder, que era uma chama criada por meus olhos vendidos e turbados. Estou perdido. Que fazer para compensar tudo isso?

ANJO DA GUARDA

Eu lhe direi depois, é minha obrigação. Mas há coisas mais urgentes para fazer. Vamos destruir o que ficou ainda intacto nesse jardim de morte e confusão. *(Sai.)*

JOÃO

Você, Regina... Minha amiga constante na desgraça!

REGINA

Para mim, você sempre foi o mesmo, João da Cruz.

JOÃO

Só você seria capaz de ter ainda palavras de bondade e amor por mim. Ainda reconhece João da Cruz, apesar de todos os seus crimes? E não despreza o criminoso João Sem Medo?

REGINA

Para mim, você foi sempre o carpinteiro! Volte comigo para a tenda, João, e estarei paga pela fé que mantive em sua volta.

JOÃO

Não. Agora só voltarei depois que pagar em penitência os crimes que cometi. Vá, Regina. Quero que você tome parte na destruição deste jardim onde eu me entregava ao esquecimento. E se, depois de tudo isso, ainda me quiser, voltarei para casa e serei seu. Vá ajudar o frade a quebrar o que ainda resta.

REGINA

Está bem, irei. Mas não saia sem que eu o veja. Quero ainda falar com você. Promete?

JOÃO

Prometo. Estarei aqui, à sua espera. Mas quero contemplar as ruínas do jardim, para ter certeza de que estou seguro.

Sai REGINA. Trovões. Aparecem o CEGO e o GUIA. JOÃO está sobre a escadaria, de costas para o público, olhando o jardim.

Guia

>Você foi derrotado. Sua presa está ali de joelhos, rezando com remorso.

Cego

>E você acaso está menos derrotado do que eu? De quem foi o plano do jardim?

Guia

>Meu, mas ainda tenho esperanças. Para a terra, João não está perdido. Hei de voltar ao ataque e vencerei. Adeus, cego. Pode voltar a suas chamas. Boa sorte de outra vez. *(Raio. Desaparece.)*

Cego

>Será que estou perdido? Tenho braços.
>Que fazer? Vou matá-lo, pelo menos.
>Eu hei de me vingar: hei de matá-lo!
>Dê-me vista, meu rei, dê-me meus olhos!
>Venham, forças do mal, baixem meu braço!
>E que o sangue de João ensope a terra,
>como um parto da sombra e da maldade
>engendrado por mim no seu cavalo!

*Enquanto recita, o **Cego** vai se aproximando, tateando, da escadaria. Ele a sobe ao som de um tambor e, quando chega perto de **João**, dá-lhe uma cacetada com o cetro em forma de cobra. Trovões. Escuro. Quando se aclara, **João** está na sua velha casa, preparada como o aposento do paraíso. O presépio continua, mas há um trono vazio* *em frente dele. Iluminação diferente e enfeites cênicos; cantos em surdina. JOÃO está no chão, desmaiado.*

JOÃO

>Onde estou? Meu jardim desapareceu, desmoronou-se. Meu cavalo fugiu e sinto-me como se estivesse livre de novo. Onde estará Regina? Este canto faz meu coração se sentir jubiloso. Há quanto tempo eu não sentia paz! Ah, se eu tivesse ouvido meu pai! Começo a me lembrar melhor de tudo! Minha mãe está morta. Meu pai também. E eu? Que faço aqui perdido?

Entra o RETIRANTE.

RETIRANTE

>Então você também chegou! É isso mesmo: termina tudo do mesmo jeito. Eu e você, um retirante e o grande príncipe sem medo.

JOÃO

>Eu sou um carpinteiro, João da Cruz.

RETIRANTE

>Um carpinteiro? E seu reino, o tesouro de poder que acumulou à custa de tantos crimes?

JOÃO

>Meu reino que matava nas raízes
>a fonte de meu sangue, a seiva, as águas,

desmoronou-se inteiramente, amigo.
Graças a Deus por isso: era maldito,
mutilei a minha alma em troca dele,
para dormir no sono do perigo.
Troquei-o por escuro esquecimento:
estive num jardim de sono e morte.
Mas quando ia sair de suas grades,
onde soavam cânticos mortais,
aconteceu alguma coisa estranha:
adormeci num poço de fagulhas
e acordei neste quarto e nesta paz.
Quem é você que me conhece tanto?

RETIRANTE

Um pobre retirante sertanejo, que fugiu da seca do sertão e de seu reino. Nunca pensei que ia encontrar aqui o grande João Sem Medo.

JOÃO

Agora carpinteiro João da Cruz.

RETIRANTE

É estranho, você agora está diferente: não me causa medo nenhum.

JOÃO

A calma que reina aqui me apaziguou. Estou achando tudo tão estranho! Principalmente o lugar. Parece a minha velha casa, mas está mudada!

RETIRANTE

    Parece sua casa? Esquisito!

JOÃO

    Esquisito por quê?

RETIRANTE

    Porque parece com a minha, também. Desde que cheguei que penso nisso. Talvez seja por isso que eu me sinto tão bem aqui.

JOÃO

    Eu também, se bem que esteja achando tudo muito estranho.

RETIRANTE

    Isso passa. Logo que cheguei, também me senti assim. Agora estou melhor, como se tivesse morado sempre aqui e esse fosse o lugar de minha casa.

JOÃO

    E faz tempo que você chegou?

RETIRANTE

    Dois dias. Talvez hoje venha alguém para nos julgar.

JOÃO

    Para nos julgar?

RETIRANTE

    Sim, por que não? Aqui se faz um julgamento prévio, que os sinos podem confirmar ou não.

JOÃO

    Não estou entendendo nada.

RETIRANTE

>Não se incomode não, porque tudo se explica já.

JOÃO

>Para que serve esse julgamento?

RETIRANTE

>Ora para quê! Para decidirem se vamos lá para baixo ou ali para cima. Deve vir para cá um dos juízes que vão nos julgar. Se fomos justos lá na terra, o juiz nos absolve e espera o toque: se o sino bate, vamos para o céu. Mas se nós não prestamos...

JOÃO

>O que é que acontece?

RETIRANTE

>Você inda pergunta? Descemos por ali para o inferno.

JOÃO

>Quer dizer que...

RETIRANTE

>Que o quê?

JOÃO

>Que eu estou morto?

RETIRANTE

>E então? Estamos mortos. Você não disse que passou num poço de fagulhas?

JOÃO

>Disse.

RETIRANTE

> Deve ter sido aí. Eu morri na estrada, vendo zimbórios, sob o sol feroz, cúpulas de prata, muros de pedra e sede e tiros de fuzis imaginários, que seu reino criava para nós.

JOÃO

> Quer dizer que você morreu na seca: fome e sede.

RETIRANTE

> E o medo do seu reino não se esquece. *(Toque de clarim.)* Deve ser o juiz que vem chegando. *(Entra o PEREGRINO com o rosto coberto.)*

JOÃO

> Valha-me Deus! Meu pai, você não morreu? Você é meu pai? Ou é alguém tão parecido que engana até meus olhos filiais?

PEREGRINO

> Sim, você está enganado, João da Cruz. Não sou seu pai.

JOÃO

> Quem é então?

PEREGRINO

> Um dos juízes que julgam os que morreram.

JOÃO

> Então é verdade que morri.

PEREGRINO

> Não, você não morreu. Seu corpo está somente desmaiado, lá na terra. Você voltará para lá. Esta visão

foi uma dádiva que Deus lhe fez para exemplo seu. Com ela, você terá uma ideia do julgamento que o espera quando morrer.

JOÃO

Mas para mim? Como foi possível?

PEREGRINO

Uma amiga sua mereceu isso, pela vida que levou. Foi pedido dela.

JOÃO

Regina.

PEREGRINO

Sim, Regina.

JOÃO

Quando eu chegar, vou agradecer a ela.

PEREGRINO

Você não a encontrará nunca mais.

JOÃO

É possível?

PEREGRINO

É não, é certo. E basta. Cuide de você.

JOÃO

Serei julgado agora?

PEREGRINO

Não, é cedo ainda. Você está vivo.

RETIRANTE

E eu?

PEREGRINO

>Você morreu, será julgado agora.

>*Clarim. Entram o ANJO DA GUARDA e o ANJO CANTADOR.*

JOÃO

>Senhor frade! Que faz aqui vestido de anjo?

ANJO DA GUARDA

>Sou seu anjo da guarda, João da Cruz. Eu me vestia de frade para que você pudesse suportar minha presença e para segui-lo melhor.

ANJO CANTADOR

>Foi ele quem traçou aquele plano do romance da morte de Silvério, para que você despertasse do sono que ia levá-lo à perdição.

ANJO DA GUARDA

>Também nisso Regina me ajudou.

JOÃO

>Graças a Deus. E eu voltarei ao mundo?

PEREGRINO

>Seu tempo não terminou. Você será ainda uma vez provado na terra.

JOÃO

>Mas você fica comigo!

Anjo da Guarda

    Fico, é claro. Mas você também precisa me ajudar.

João

    Tenho medo. Sou tão fraco diante da tentação!

Anjo da Guarda

    Agora você já tem mais experiência. Feche-se bem nos muros que Deus fez na sua Igreja. Ali você estará seguro contra tudo.

João

    E meu pai? Posso vê-lo? Posso ver minha mãe?

Peregrino

    Não, não pode.

João

    Nem meu amigo Silvério, que me salvou a vida? Deixei que ele morresse, não foi? Posso vê-lo para lhe pedir perdão?

Peregrino

    Também não, João da Cruz. É muito cedo. Quando você morrer, poderá, se for digno disso. Agora não.

Anjo da Guarda

    Vamos voltar.

Peregrino

    Esperem. Ouça, João: não se esqueça da paz que sentiu aqui. Por ali, os remidos seguirão para um roçado de vida e de luz pacificada. Não é um como você teve, feito de sono e de mortal esquecimento, é a água, a sombra, as árvores e Deus no meio delas. Volte, acredite no que eu digo, cumpra sua parte do contrato e será salvo, pois é o que Deus quer.

Anjo da Guarda

Olhe bem, João da Cruz. Olhou? Agora, vamos.

Clarim. Escuro. Desaparecem o Anjo da Guarda e João da Cruz.

Retirante

O senhor não é o peregrino que encontrei naquela encruzilhada?

Peregrino

(Descobrindo o rosto.) Sou, sou eu. Sou o pai de João da Cruz.

Retirante

E por que enganou seu filho?

Peregrino

Para que ele confie no julgamento como numa lei de justiça em que não há favor.

Retirante

Talvez ele venha a ficar desesperado.

Peregrino

A missa lhe dirá claramente várias vezes. Deus é justo e por isso mesmo usará com ele de misericórdia.

RETIRANTE

>A misericórdia! E eu, senhor?

PEREGRINO

>Pode subir.

RETIRANTE

>E o julgamento?

PEREGRINO

>Eu já o conheço bem. Pode subir em paz. Se os sinos confirmarem o que eu penso, pode ficar aqui eternamente.

Sinos festivos. O RETIRANTE sobe para o céu, abraçado pelo PEREGRINO. Escuro. De novo a encruzilhada. JOÃO DA CRUZ desmaiado. O ANJO DA GUARDA, vestido de frade, com barba grisalha. JOÃO desperta. Está barbado também e veste a túnica dos peregrinos.

JOÃO

>Ai! Senhor frade! Você também?

ANJO DA GUARDA

>Eu também, João da Cruz. Devo guardá-lo.

JOÃO

>É verdade. Sinto as pernas e as costas tão cansadas!

ANJO DA GUARDA

>Não é cansaço não, João. Foi o tempo que passou.

João

O tempo? Eu só tenho vinte e poucos anos, senhor frade.

Anjo da Guarda

Você dormiu cinco anos, João da Cruz.

João

Meu Deus, o que é que quer dizer isto?

Anjo da Guarda

Da pancada que levou, até aqui, foram-se cinco anos. Deus quis abreviar sua jornada.

João

Grandes coisas faz Deus no céu e na terra! E agora? Quero voltar para casa e trabalhar.

Anjo da Guarda

Para quê, João? Você não conhece mais ninguém em Taperoá. Todos os seus amigos já morreram.

João

Todos?

Anjo da Guarda

Todos.

João

E Regina?

Anjo da Guarda

Também está morta. Morreu de desgosto, julgando você morto. E é preciso que você compense de certo modo todos os crimes que cometeu.

JOÃO

    Que devo fazer, então?

ANJO DA GUARDA

    Levá-lo-ei a um santo homem que vive numa serra da Espinhara. Você vai viver com ele. Aprenda com ele a viver humildemente e espere sua morte.

JOÃO

    Quanto tempo?

ANJO DA GUARDA

    Não posso lhe dizer, mas não está longe, João.

JOÃO

    Então vamos à serra. E possa agora haver renúncia e amor, onde morava a sede do poder e da ambição.

Escuro. O GUIA *aparece como* DIRETOR.

GUIA

    Então pegou o que tinha,
    deu de esmola aos desgraçados
    e disse: "Vou para os montes,
    ver se purgo meus pecados,
    para ver se um dia sou
    um dos bem-aventurados."

    Ainda hoje cantam os cegos sertanejos a respeito de João da Cruz. Enquanto se prepara a gruta, vejam

João da Cruz peregrinando pelos caminhos do sertão. O frade o acompanha. Foram os dois a Taperoá, venderam tudo o que João tinha e distribuíram o dinheiro com a pobreza. Agora chegam à serra pelada e pedregosa da Espinhara onde mora o eremita. E fico por aqui, pois agora todo o trabalho de meu partido está a meu cargo e devo estar preparado. Desvela-se a cortina da furna sertaneja e, em ritmo cada vez mais acelerado, o espetáculo caminha para seu fim.

Raio. Desaparece. A gruta do sertão, sem os tronos. Entram o ANJO DA GUARDA e JOÃO DA CRUZ.

ANJO DA GUARDA

Chegamos! É aqui que vive o santo homem de quem lhe falei.

JOÃO

Que devo fazer aqui, perdido nesta serra, neste fim de mundo?

ANJO DA GUARDA

Você irá aprendendo aos poucos, à sua própria custa, mas aconselhado pelo velho. Lá vem ele.

Entra o EREMITA.

Anjo da Guarda

> Louvado seja Nosso Senhor Jesus Cristo.

Eremita

> Louvado seja, para todo sempre. A quem procuram?

Anjo da Guarda

> Ao senhor.

Eremita

> Posso ajudá-los em alguma coisa?

Anjo da Guarda

> Se o senhor pudesse, gostaria de deixar meu amigo aqui. Ele renunciou a tudo, para procurar o caminho que leva à vida eterna. Quer ficar aqui, ouvindo e praticando o que o senhor pode lhe ensinar.

Eremita

> É sempre uma alegria receber-se qualquer hóspede. Os que nos pedem pouso são como bênçãos enviadas por Deus, para repartirem conosco as alegrias que ele nos dá. Um hóspede deve ser recebido como se fosse o próprio Cristo que nos batesse à porta. Sejam pois bem-vindos.

Anjo da Guarda

> Só ele é quem fica. Eu vou-me embora.

João

> Você vai me abandonar?

Anjo da Guarda

> Isso é segredo. Adeus.

JOÃO

Deus o acompanhe. Você me ensinou a suportar os ásperos caminhos da pobreza. Adeus, meu anjo. Até a eternidade.

O Anjo da Guarda sai e volta, vestido de anjo, moço como sempre, invisível para os dois. Entra na gruta.

EREMITA

Pode sentar, a casa é sua.

JOÃO

Sentar-me? Onde?

EREMITA

Aqui no chão, no chão que Deus nos deu. É ele quem nos dá roçados, sementes, pasto para os animais, caminho para os rios e assento para os homens. E é ele quem, no fim, dá o abrigo mais seguro para aqueles que começam a se sentir cansados de andar no caminho estreito e duro.

JOÃO

É exatamente este o caminho que procuro. Como encontrá-lo?

EREMITA

Você deve começar pela coragem da renúncia.

JOÃO

Eu renunciei a tudo antes de vir para cá. À fortuna, ao triunfo, ao poder... Deixei tudo o que existia de bom, para vir para cá à sua procura.

EREMITA

Se você tivesse renunciado de bom grado, não chamaria bom ao que perdeu.

JOÃO

É verdade.

EREMITA

Não importa, o primeiro passo é o mais difícil e já foi dado.

JOÃO

Preciso viver só?

EREMITA

Não. Pelo contrário, com o espírito que você tem, o melhor é aprender a ter estima a todas as criaturas de Deus. Tudo é bom, tudo vive em paz, tudo é perfeito, se você põe seu Criador antes de tudo.

JOÃO

Prefiro assim. Sou fraco à tentação e assim poderemos estar sempre juntos, para que você me ajude.

EREMITA

Mas com o tipo de trabalho que adotamos aqui você terá que cultivar seu campo só.

JOÃO

> Que adotaram? Há mais alguém aqui?

EREMITA

> Há sim, aí vem ele.

O ANJO DA GUARDA aparece à entrada da gruta, fazendo gestos como se exortasse alguém a sair. Entra SILVÉRIO, de túnica e barba, como JOÃO.

SILVÉRIO

> Que coisa estranha! Eu estava na gruta e, de repente, fui assim como que empurrado para fora.

EREMITA

> Nada se perde: assim você pode receber e saudar o amigo que vai morar conosco.

SILVÉRIO

> É este?

JOÃO

> Sou eu. Meu nome é João da Cruz.

SILVÉRIO

> João da Cruz? É possível?

JOÃO

> Sou eu, sim. Quem é você?

SILVÉRIO

> Eu sou Silvério.

JOÃO

    Silvério! *(Abraçam-se, comovidos.)*

SILVÉRIO

    João!

JOÃO

    Então você não morreu, amigo?

SILVÉRIO

    Não. Seu grito chegou a tempo. Fui somente ferido.

EREMITA

    Ele se arrastou, sangrando, pela estrada. Abrigou-se afinal atrás de uma pedra, onde eu o encontrei gemendo e quase morto. Socorri-o como pude e trouxe-o para cá.

SILVÉRIO

    Agora estou aqui, com este homem a quem devo a vida. Ele me convenceu a pagar todos os meus crimes. E eu tenho pago o que posso. É uma vida dura e trabalhosa, João, mas estou começando a me sentir em paz com meu coração.

JOÃO

    Graças a Deus por nosso encontro. Quis procurá-lo por todo o sertão para lhe pedir perdão por minha covardia, na hora em que você precisou de mim. Mas pensei que era tarde e que você estava morto.

EREMITA

    Então você já conhecia João da Cruz?

SILVÉRIO

    Devo minha vida a ele.

JOÃO

    E eu devo a minha a você, que me tirou da água. Estamos pagos.

EREMITA

    Fiquem então à vontade. Eu volto já. *(Entra na gruta.)*

SILVÉRIO

    Quanto tempo, João, desde que deixei Taperoá! Como viveu você durante esse tempo?

JOÃO

    Consegui mais do que queria. E achava sempre pouco.

SILVÉRIO

    Deu-se o mesmo comigo. Primeiro, quis vingar a morte de meus pais, por minhas próprias mãos. Depois tive vontade de me tornar famoso, para que todos soubessem que a morte deles tinha sido um crime monstruoso. Depois, já queria me tornar famoso, sem mais nada. E assim fui caminhando até aquele ponto em que você me encontrou, na estrada, perseguido, coberto de sangue e de raiva como se tivesse voltado do inferno.

JOÃO

> Da caverna de fogo, onde os raios penetram no sangue como um Fogo de desespero! Também estive nela muito tempo.

SILVÉRIO

> Eu fui bandido, João, e você foi um dos poderosos na terra. Vamos então procurar agora, no deserto, aquilo que o poder não pôde dar.

JOÃO

> Como vive o eremita? Rezando, somente?

SILVÉRIO

> Não, rezando e trabalhando. Um dia viu em sonho um milharal enorme, no qual os retirantes vinham buscar milho. Agora nós trabalhamos aqui, para ver o sonho realizado. Rezamos e trabalhamos. Na última seca, já podemos atender a muitos famintos que vieram nos procurar. Nós juntamos aí na gruta todo o milho que colhemos, menos aquele de que precisamos para não morrer de fome. Hoje era o dia marcado para irmos cada um de nós ao lugar escolhido para a plantação deste ano. Você irá conosco?

JOÃO

> Irei, se é disso que preciso.

SILVÉRIO

> Cada um de nós plantará seu roçado e, acabada a safra, juntaremos aqui o milho para distribuí-lo pelos retirantes. Ele aí vem.

EREMITA

> *(Entrando.)* Silvério já lhe disse o que tem a fazer?

JOÃO

> Já. Preciso rezar e trabalhar no roçado de milho, para os retirantes.

EREMITA

> Sim, mas espero que você não se esqueça: há um sentido nisso tudo. A obrigação que eu me impus, e impus a vocês também, significa que nossa renúncia não tem sentido negativo. E é preciso que o deserto frutifique no sol, como um roçado. É isso que nossas obrigações significam. Silvério, traga o milho.
>
> *(SILVÉRIO entra na gruta.)*

EREMITA

> A noite cobre tudo com seu manto.

JOÃO

> Aqui existe um pouco daquela paz que só senti uma vez.

EREMITA

> As estrelas envolvem a terra de doçura como se fossem uma bênção e uma compensação ao sol. Parecem prometer a paz futura.

Volta SILVÉRIO com três mochilas de milho.

SILVÉRIO

Eis aqui o milho, meus irmãos.

EREMITA

É tempo de partir. Vamos juntos. Depois, cada um de nós deve escolher seu caminho e seu lugar. Arrancado o milho, devemos voltar para cá e quem chegar primeiro espera os outros. É tempo de partir e semear.

Saem com o milho. O GUIA aparece, cerra a cortina da gruta e se dirige ao público.

GUIA

E lá se foram eles, cada um para seu roçado. Muitos dias se passaram e os três perseveraram no trabalho. Enfim, hoje estão de volta e já se regozijam com o resultado da colheita e a esperança do encontro. Acontece, porém, que durante esses dias, eu achei João. Marquei bem o lugar de seu trabalho. Vi-o curvado sobre a terra, que ele ama, como todo sertanejo. E foi com ela que me peguei para atraí-lo. Aprendi a distingui-lo pela túnica e pela barba, e agora espero-o aqui. Os dias se passaram e o ano terminou.

É noite de Natal. E aí vem ele. Desvele-se a cortina da gruta do sertão e, com mais um ano passado no palco, o espetáculo cresce em ritmo para atingir o cume, de acordo com a regra e meu desejo. E aí vem João.

Entra SILVÉRIO com um saco às costas.

SILVÉRIO

Desejo-lhe saúde e paz, meu filho!

GUIA

O mesmo lhe desejo, João da Cruz.

SILVÉRIO

Ah, você está enganado, eu sou Silvério. João da Cruz deve vir por aí. Você o conhece?

GUIA

Muito, sou um grande amigo dele.

SILVÉRIO

Espere um pouco. Vou guardar esse milho. *(Olha em torno.)* Há qualquer coisa esquisita, aqui. Parece que até a luz está diferente! *(Entra na gruta.)*

GUIA

(Rindo.) Então vocês estão guardando milho! Pode-se dar um jeito nisso. Mas se o eremita chegar, estou perdido, ele me conhece mais do que eu mesmo. O melhor que tenho a fazer é me disfarçar. Assim não há perigo de João da Cruz me reconhecer, no caso de ele

ainda se lembrar de tudo. E para isso, nada melhor do que as barbas e o hábito de frade.

Raio. Desaparece. SILVÉRIO volta.

SILVÉRIO

Agora está tudo como antes. Parece que voltou a paz antiga. Que coisa esquisita, aquilo que senti! Talvez fosse o cansaço. Mas onde está o moço? Com certeza saiu para encontrar João.

Entra JOÃO DA CRUZ com um saco.

JOÃO

Saúde, irmão.

SILVÉRIO

Que Deus seja louvado. Esteve um rapaz aqui à sua procura.

JOÃO

Um rapaz?

SILVÉRIO

Sim, e bem mocinho ainda.

JOÃO

Estranho, isso. Os únicos amigos que me restam são vocês. Os outros já morreram há muito tempo. Para onde foi ele?

SILVÉRIO

>Pensei que tinha ido a seu encontro.

JOÃO

>Não vi ninguém. Nem o eremita. É o último a chegar.

SILVÉRIO

>Mas você há de ver que a colheita maior é a dele. Vou esperá-lo na encruzilhada. *(Sai.)*

Raio. Aparece o GUIA disfarçado de frade, com barbas.

GUIA

>Saúde, João da Cruz.

JOÃO

>Então é você, meu anjo? Há quanto tempo eu não o via. *(Abraça-o, mas parece sentir qualquer coisa e se afasta levemente intrigado.)*

GUIA

>Anjo?

JOÃO

>Você não é o meu anjo da guarda?

GUIA

>Anjo da guarda... Sim, sou, é claro! Vim tomar conta de você.

JOÃO

>Noto as coisas um tanto diferentes. Sinto-me inquieto como nos velhos tempos. Que será isso?

GUIA

Nada, isso é cansaço. Você trabalhou muito.

JOÃO

É verdade. Você viu?

GUIA

Eu não o deixei um só instante. Lembro-me bem de você no roçado, trabalhando na terra cheirosa do sertão. O que é que você traz aí no saco?

JOÃO

Milho. Milho dourado e graúdo, doado pela terra em troca de meu trabalho.

GUIA

Eu sei como é que o milho sai da terra:
a semente conduz na própria carne
o gosto de crescer até o fim.
E vira planta. Traz-nos o desejo
de plantar, de colher cada vez mais.
Não sente esse desejo?

JOÃO

                Sinto sim.
Amo a terra, o roçado e o milharal,
que balança os pendões ao vento fresco,
a partilha do vinho, o sangue e o sol.

GUIA

Pois é preciso amá-los por si mesmos, como fruto da terra e só da terra. Nisso tudo, só vejo um perigo, é o sol matar os pés mais novos. Você não tem medo deste sol? Trabalha-se um ano inteiro, limpa-se o mato, faz-se a plantação, e as pobres sementes morrem de sede, na terra quente, porque o sol é impiedoso no sertão, não é?

JOÃO

É, é uma coisa terrível. Todo o meu sangue estremece a esta ameaça.

GUIA

E o sol está subindo. A essa hora, os pés mais novos do seu milho devem estar secando.

JOÃO

Não!

GUIA

É verdade, João, o sol vai destruir o seu roçado! Corra para lá! Se você for logo, pode levar água da barragem e salvar a maior parte.

JOÃO

O sol destruirá os meus roçados!

GUIA

Se você não os acudir logo. Vá!

JOÃO

Mas os outros?

GUIA

Que têm eles?

JOÃO

Prometi esperá-los. Que fazer? Que farei?

GUIA

Eles podem cuidar da colheita sós, como sempre fizeram.

JOÃO

Mas dei minha palavra.

GUIA

Então fique. Fique e veja seu roçado se acabar, por falta de ajuda! Mas era tempo, ainda. Se você fosse agora, ainda poderia salvar quase tudo, quase tudo que é seu e de mais ninguém.

JOÃO

Eu vou. Diga aos outros que já volto. *(Sai correndo.)*

Um tambor soa, como nos circos indicando perigo.

GUIA

Vá, João da Cruz, corra! Agora, amando desse modo o seu roçado, meu trabalho está feito. Venci sua piedade, desgraçado! *(Enquanto fala, tira a túnica de frade e as barbas. SILVÉRIO volta, correndo.)*

SILVÉRIO

Que foi que você fez de João da Cruz?

GUIA

(Rindo.) João danou-se! E esse milho que você juntou, vou destruí-lo, vou espalhá-lo na terra, como barro.

SILVÉRIO

Ah, maldito! Bem que eu pressenti alguma coisa. Agora sei de tudo. Onde está João? *(Investe para o GUIA.)*

GUIA

Afaste-se, senão morre! Tenho força para isso, se bem que não posso enganá-lo! Não venha, que eu o mato!

Entram na gruta, lutando. Um grito. Um toque de sino e o GUIA sai de costas, recuando da gruta, cobrindo o rosto com o braço. Raio. Desaparece. O ANJO DA GUARDA sai da gruta, correndo; veste o hábito do frade e põe as barbas deixadas pelo GUIA. Entra o EREMITA com um saco às costas.

ANJO DA GUARDA

Depressa, que Silvério está morrendo!

O EREMITA entra na gruta. Um grito e JOÃO DA CRUZ aparece, como o GUIA na cena anterior, cobrindo o rosto com o braço, de costas para a cena, com a túnica rasgada e suja.

Anjo da Guarda

    Insensato! Que foi que você fez?

João

    Deixei que o amor à terra escurecesse tudo aquilo que devia vir primeiro!

Anjo da Guarda

    Mas como, João da Cruz? Como é que você pôde fazer isso? Depois de tanto tempo, quando tudo ia tão bem!

João

    Fiquei com medo de perder meus roçados e abandonei tudo, sem me lembrar de que eles não pertenciam a mim, nem a Silvério, e nem mesmo ao eremita, mas a Deus que os criou e que criou a mim também!

Anjo da Guarda

    Está sentindo alguma coisa? O que é que você tem nos olhos?

João

    Vi a majestade de um dos anjos de Deus em sua glória. Eu cheguei ao roçado e comecei a correr o milharal, para verificar o que perdera. O cheiro da terra e do mato foi tomando conta de meu sangue, como se eu fosse enlouquecer. Então eu me deitei na terra, para abraçá-la. Nesse momento, uma espada vermelha se abateu sobre o baixio que eu tinha cultivado e tudo destruiu. A luz brilhante cegou meus olhos.

Anjo da Guarda

>Coitado, coitado do meu João! Sua cabeça está sangrando!

João

>Tropecei na terra, quando corria, para fugir ao fogo. Senti que minha cabeça tinha batido numa pedra e desmaiei. Sinto-me muito fraco, parece que minha hora chegou. Onde estão meus irmãos?

Anjo da Guarda

>Na gruta. Silvério está ferido.

João

>Ele também? Deve ter sigo o guia.

Anjo da Guarda

>Foi.

João

>E vai morrer?

Eremita

>*(Voltando da gruta.)* Já morreu, João da Cruz. Silvério acaba de morrer.

João

>Eu logo o seguirei. Mas ele morreu por minha causa e desta vez é certo, pois fui eu que permiti a entrada daquele que o matou. Má fortuna, a minha, má fortuna, filha de minhas paixões e que aniquila todos aqueles que se aproximam de mim! Sinto a morte chegar, meu santo velho. Levem-me para a gruta.

Quero ver meu amigo Silvério pela última vez aqui na terra. Não com meus olhos cegos, destroçados, mas com a visão eterna que só o amor e a amizade podem dar! *(Entra na gruta, amparado pelo Eremita.)*

ANJO DA GUARDA

Vá, João da Cruz! Morreu Silvério e você o seguirá. Minha missão terminou, quanto a você! Mas devo ainda depor no julgamento. João da Cruz e Silvério serão julgados hoje. E eu sou seu anjo, guarda e fundamento. *(Para o Eremita, que vem entrando.)* Então?

EREMITA

Morreu. Morreu junto de Silvério. Que Deus se compadeça de sua alma. Em breve chegará a minha vez. Queira Deus que não demore muito, pois já estou começando a me sentir cansado e saudoso. Saudoso desse lugar, onde João da Cruz e Silvério devem estar chegando agora.

ANJO DA GUARDA

Pois adeus. Que Deus esteja com você. Eu vou. Vou depor, como guarda e fundamento. Minha missão na terra terminou.

Escuro. O Guia entra e se dirige ao público, depois de correr a cortina da gruta.

GUIA

A missão dele terminou e a minha também. Só posso agora ficar à espera. Minha luta é contra a ressurreição da carne. Se o julgamento for favorável a João, seu corpo ressuscitará. Se não, a corrução será meu prêmio, a podridão permanente que lhe dará a cada instante a sensação e a angústia de morte. Então sua carne será mais minha do que nunca o foi. E o cego terá aquilo com que sempre sonhou, a alma de João, eterna e manchada. Mas não posso mais intervir no julgamento. É ficar e esperar. Desvela-se a cortina do aposento que vocês já conhecem e o espetáculo continua, com o julgamento de João e de Silvério.

Descerra a cortina da casa de JOÃO, com o presépio e preparada como o aposento do céu. SILVÉRIO, moço como antes da cena da gruta, está deitado no chão e vai despertando aos poucos. Entra o RETIRANTE, vestido de alguma maneira que mostre sua nova qualidade de bem-aventurado.

SILVÉRIO

Onde estou?

RETIRANTE

Você logo o saberá. Vim ajudá-lo.

SILVÉRIO

Senti-me de repente transportado... Não sei por onde. Tinha a impressão de que estava vendo as estrelas de perto. Mas era tudo tão difícil de precisar! Vi fontes, urnas de pedra por onde a água corria. Mas eram coisas como nunca tinha visto, como bronze esculpido no deserto.

RETIRANTE

Talvez você tenha visto tudo isso, quando vinha para cá.

SILVÉRIO

Que foi que aconteceu?

RETIRANTE

Você morreu, amigo.

SILVÉRIO

Então foi isso! E que vim fazer aqui?

RETIRANTE

Esperar seu julgamento.

SILVÉRIO

Esperar com paciência. Aprendi isso, nas esperas do sertão. Sempre soube ficar atrás de uma pedra, no sol, à espera de um soldado que passasse. Saber esperar foi sempre qualidade de Silvério.

RETIRANTE

Silvério, o cangaceiro? Você é Silvério, a quem chamavam de Fuzil de Prata?

SILVÉRIO

> Sim, sou Silvério, o Fuzil de Prata, que corria as estradas do sertão. A todas percorri, levando a morte que conduzia, escondida na prata do fuzil. Até que a morte me ameaçou na encruzilhada e o sertão conheceu outro Silvério, magoado, solitário e arrependido.

> *Escuro. Clarão, e JOÃO DA CRUZ cai ao chão. Sobe a luz, mas SILVÉRIO não parece ter se apercebido de nada. O RETIRANTE reanima JOÃO.*

RETIRANTE

> Acorde, acorde, João da Cruz.

JOÃO

> *(Erguendo-se.)* Aqui de novo. Será desmaio?

RETIRANTE

> Não, agora você morreu mesmo.

JOÃO avista SILVÉRIO, que tem ficado à parte, e corre para ele, ajoelhando-se a seus pés.

JOÃO

> Silvério, meu amigo, quero lhe pedir perdão. Causei sua morte e dessa vez foi sem retorno! Perdoe este louco que se chama João da Cruz!

Retirante

    Não adianta, João, ele não o ouve mais.

João

    Por quê?

Retirante

    Você teve culpa na morte de Silvério e ele vai ser testemunha no seu julgamento.

Silvério

    Sinto-me bem, aqui. Mas queria saber alguma notícia de meus dois companheiros que deixei na terra.

João

    Mas eu ouço o que ele diz! Silvério, Silvério!

Retirante

    Não adianta gritar. Você o ouve porque ele nada teve a ver com sua morte, mas ele não ouve seus gritos.
    (Toque de clarim.) Aí vem o juiz que vai julgá-lo.
    (Entram Regina e o Anjo Cantador.)

João

    Regina! Até que enfim!

Regina

    Até que enfim, João da Cruz!

João

    Você é quem vai me julgar?

Regina

    Não, vou fazer sua defesa.

ANJO CANTADOR

>Defesa! *(REGINA senta-se em seu lugar.)*

ANJO CANTADOR

>Acusação! *(Raio e entra o CEGO, ficando em seu lugar.)*
>Juiz! *(Entra o PEREGRINO com o rosto coberto.)*

JOÃO

>Senhor! Lembro-me bem de quando estive aqui. Já o conheço, o senhor é aquele que me ajudou e que pensei que era meu pai.

PEREGRINO

>Eu também o conheço, João da Cruz. Também estou lembrado. Vocês serão julgados agora, Silvério primeiro e João depois. *(Senta-se em seu lugar.)* Começa o julgamento de Silvério.

REGINA

>Peço-lhe que me ajude, cantando a vida de Silvério e de João da Cruz.

ANJO CANTADOR

>Pois não.

CEGO

>Mas eu estarei aqui para corrigir o que for deixado de lado ou estiver errado.

PEREGRINO

>É justo. Podem começar.

ANJO CANTADOR

    Silvério era natural
    do sertão da Espinhara.

CEGO

    Foi cangaceiro famoso,
    trazia a morte na cara.

ANJO CANTADOR

    Para isso foi levado,
    pois um homem desalmado
    seu pai e sua mãe matara.

CEGO

    Seu nome como assassino
    foi temido, foi famoso.

ANJO CANTADOR

    Salvou o amigo da morte,
    num rio cheio e raivoso.

CEGO

    E tornou-se cangaceiro.
    Salvou esse companheiro
    por achar o feito honroso.

ANJO CANTADOR

    Cercado pela polícia,
    viveu pobre e perseguido.

CEGO

    Muito mais perseguiu ele,
    como um cachorro mordido.

ANJO CANTADOR

    Mas chegou ao que era certo,
    sofreu muito no deserto
    e morreu arrependido.

PEREGRINO

    Está certa a história?

SILVÉRIO

    Está, senhor.

PEREGRINO

    Veja o que diz, ela será a base de seu julgamento.

SILVÉRIO

    Está certa, senhor. Tanto quanto eu posso ver, esse é meu retrato.

PEREGRINO

    Está bem.

REGINA

    Mas seja compassivo com Silvério. A terra do sertão é muito dura e duros são os homens que ali vivem, sob o sol forte e entre aquelas pedras que parecem gritos de agonia ou enormes animais emudecidos pela morte!

PEREGRINO

    Silvério está julgado.

REGINA

    Diga então qual foi a sentença.

PEREGRINO

    É preciso julgar o amigo ingrato. Depois direi se foram condenados. João da Cruz, agora é sua vez.

JOÃO

    Todos conhecem já a minha história. Para que repeti-la? Julgue logo!

REGINA

    É triste a sua história, João da Cruz. Você sofreu muito!

CEGO

    E foi causador de muitos sofrimentos, lá na terra. Exijo o julgamento e as testemunhas.

PEREGRINO

    É justo. Eis que chega a primeira.

Toque de sino. Entra a MÃE, com manto azul e estrelas. JOÃO corre para ela.

JOÃO

    Minha mãe! Sou eu!

RETIRANTE

    Não adianta, ela não ouve. É também testemunha em sua história.

PEREGRINO

    O que é que você diz de seu filho João da Cruz?

MÃE

    Deixou-me numa noite de Natal.

PEREGRINO

    É a única coisa de que o acusa?

MÃE

    Eu não o acuso de nada. É o que estava mais gravado em minha carne, que espera, na terra, a ressurreição dos mortos.

PEREGRINO

    Ele causou sua morte?

MÃE

    Sofri muito com sua partida, mas não sei se morri por causa dele.

CEGO

    Bem poderia ter morrido. Ele consentiu na morte de sua mulher, em meu reinado.

MÃE

    Nunca estive no reino da cegueira.

CEGO

    Mas não importa, o mandamento foi transgredido.

REGINA

    Se o caso fosse como ele insinua, teriam sido transgredidos dois, em vez de um.

PEREGRINO

    Só um pode lhe ser imputado.

MÃE

    Do mal que a mim causou, meu filho se arrependeu. Tive a certeza disso, depois que aqui cheguei.

JOÃO *corre para ela e, ajoelhado, chora a seus pés. Mas a* MÃE *não o vê.*

REGINA

    Dessa falta está livre, João da Cruz.

PEREGRINO

    (Descobrindo o rosto.) Eu mesmo testemunha sou, agora. Sou o pai de João da Cruz.

JOÃO

    Bem que eu o sentia. Meu pai!

RETIRANTE

    Também não ouve mais. Agora é testemunha.

PEREGRINO

    Morri esperando João da Cruz na tenda.
    A ambição do poder, do mando e glória,
    os dourados clarins da tentação,
    o amor da carne e o sopro das trombetas
    faziam João odiar nossa pobreza
    e as ásperas madeiras do sertão.

REGINA

    Mas deve conduzir-se com justiça.

PEREGRINO

    É verdade e eu o sei. João quis voltar.

REGINA

    Dessa falta você também está livre. Pois quis à velha casa regressar.

PEREGRINO

    E agora você, Silvério. Que diz de João da Cruz?

SILVÉRIO

    Nada posso dizer. Gosto de João.
    Sempre foi meu amigo e, se foi fraco,
    quem pode atirar pedras, lá no mundo?
    Salvei-lhe a vida. E ele me salvou,
    com um grito, da morte e da volante.
    Perdeu, por causa disso, grande parte
    do poder que juntou, turvo e profundo.
    Depois foi meu irmão no meu trabalho.
    Se foi culpado ou não de minha morte,
    não sei. Como não sei se arrependido
    ficou de ter amado tanto a terra.
    Não assisti seus últimos instantes:
    já vinha percorrendo outras paragens,
    num carro de ouro e fogo chamejante.

PEREGRINO

    De que morreu Silvério?

CEGO

    Assassinado. Meu guia assassinou-o em sua gruta.

REGINA

    É mentira. Essa luta de Silvério foi somente figura
    do desgosto que ele sentiu, ao ver o sentido de seu
    trabalho se desviar inteiramente pela deserção de
    João da Cruz. O crime é menos grave.

Aqui soa um tambor e o CEGO se põe de pé, para a acusação final. O encenador deve dar grande ênfase a esse trecho, se lhe for possível.

CEGO

    Minha hora chegou. Mortos, ajudem-me!
    Todos aqueles a quem João pisou,
    ressentidos, sedentos e danados!
    Não se chega ao poder daquele modo
    sem que o sangue goteje na coroa.
    Eu os conjuro, ó mortos condenados!

JOÃO

    Que visão pavorosa! Estou perdido!

CEGO

    Tenho direito a João que se vendeu
    e a quem meu sangue agora amaldiçoa!
    Tenho direito a João que se vendeu
    em troca desse sangue e da coroa!

REGINA

    João renunciou ao poder, à glória, a tudo, para salvar o amigo. E deixou tudo isso, depois, para procurar, na gruta, o caminho do arrependimento. Afaste-se daqui, cego maldito! E que o juiz liberte João das chamas imortais desse tormento!

PEREGRINO

    Não posso me decidir agora. O ponto essencial da questão não foi resolvido, pois não sabemos como João morreu.

REGINA

    Ninguém viu João da Cruz morrer no mundo? Anjo cantor!

ANJO CANTADOR

    Eu não.

REGINA

    Nem você?

RETIRANTE

    Nem eu.

REGINA

    É possível? Não há uma testemunha?
    Ó surja, amigo oculto, e salve João.
    Eu conjuro as celestes potestades,
    conjuro os tronos e as dominações!
    Ouçam o apelo de quem ama e sofre
    e devolvam-me a vida de meu João!

    Toque de clarim. Entra o ANJO DA GUARDA.

ANJO DA GUARDA

    Eu sei como morreu seu filho, pai.

REGINA

    Então fale. João da Cruz se arrependeu?

ANJO DA GUARDA

    Arrependeu-se. E morreu dizendo: "Saí de casa numa noite de Natal, talvez seja remido no Natal!" *(Aqui descerra violentamente a cortina do presépio e todos se ajoelham.)*

CEGO

    (Grande grito.) Ai! Meus olhos morreram novamente! *(Raio. Desaparece.)*

    Canta-se uma Aleluia e a MÃE *corre para* JOÃO.

MÃE

    Ah, João da Cruz, meu filho! Enfim chegou,
    chegou, à sua casa e ao seu portal.
    Eis seu presépio. É dádiva de Deus.
    Seu pai guardou-o para o seu Natal.

PEREGRINO

    Venha, meu filho. Venham todos dois.
    A história de vocês é muito triste;
    é cheia de vergonha e confusão,
    suja, mesquinha, errada e sem grandeza,
    como qualquer história sobre a carne.
    Mas vocês combateram contra o sangue
    e maior que o pecado é a redenção.

Regina

    E eu encontro afinal meu pobre João.
    Tanto que o amei na terra e nunca pude
    amá-lo em paz perfeita e em coração.
    Mas essa sarça turva aqui se aclara
    no fogo apaziguado e na canção.
    Aqui se pode amar na sombra calma,
    pois maior que o pecado é a redenção.

Peregrino

    É preciso porém que os sinos toquem,
    confirmando a sentença que firmei.

Todos

    Ó sinos de ouro e fogo do Natal!
    Ó pássaros dourados do verão!
    Em nome do Menino que nasceu
    repiquem no seu canto a remissão,
    pois se a carne é manchada e sempre escura,
    bem maior que o pecado é a redenção!

Soam sinos festivos. Sobem todos para o céu, numa cena de amor reconciliado e, quando a música soa, fenece o presente Auto.

Pano.

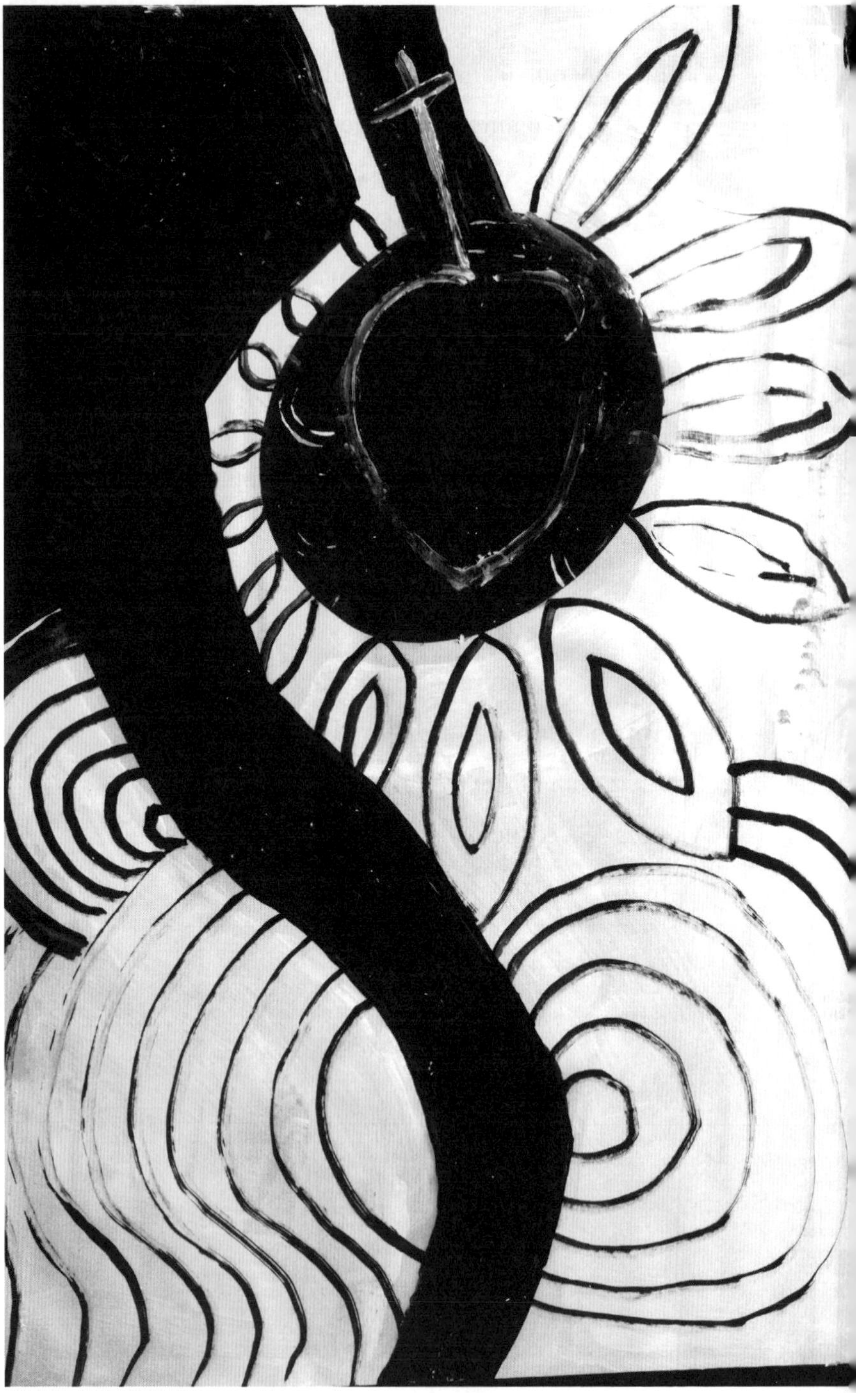

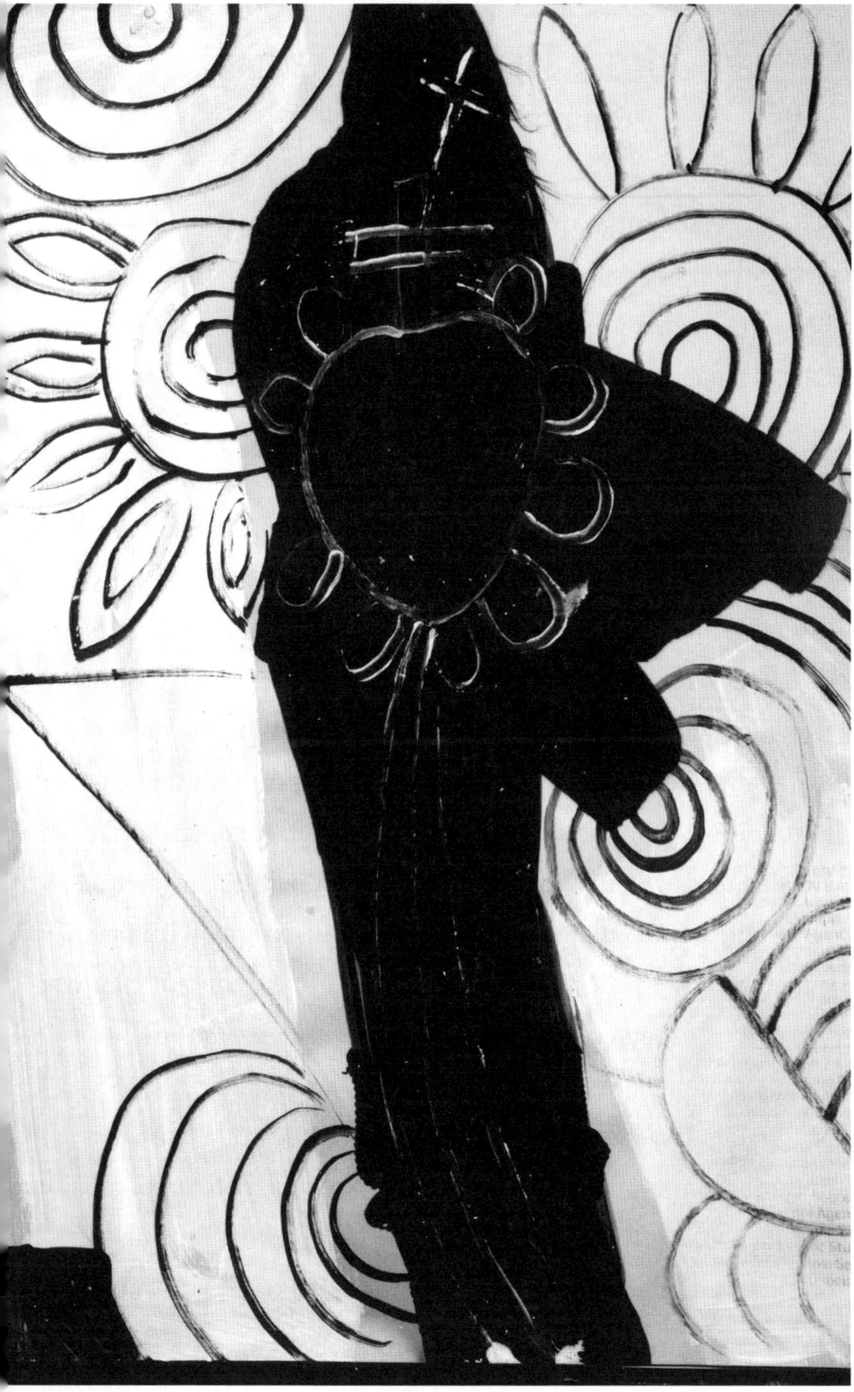

Nota Biobibliográfica
Carlos Newton Júnior

Poeta, dramaturgo, romancista, ensaísta e artista plástico, Ariano Vilar Suassuna nasceu na cidade da Paraíba (hoje João Pessoa), capital do estado da Paraíba, em 16 de junho de 1927. Filho de João Urbano Suassuna e Rita de Cássia Vilar Suassuna, nasceu no Palácio do Governo, pois seu pai exercia, à época, mandato de "Presidente", o que correspondia ao atual cargo de Governador. Terminado seu mandato, em 1928, João Suassuna volta ao seu lugar de origem, o sertão, fixando-se na fazenda "Acauhan", no atual município de Aparecida. Em 9 de outubro de 1930, quando Ariano contava apenas três anos de idade, João Suassuna, então Deputado Federal, é assassinado no Rio de Janeiro, vítima das cruentas lutas políticas que ensanguentaram a Paraíba, durante a Revolução de 30. É no sertão da Paraíba que Ariano passa boa parte da sua infância, primeiro na "Acauhan", depois no município de Taperoá, onde irá frequentar escola pela primeira vez e entrará em contato com a arte e os espetáculos populares do Nordeste: a cantoria de viola, o mamulengo, a literatura de cordel etc. A partir de 1942, sua família fixa-se no Recife, onde Ariano iniciará a sua vida literária, com a publicação do poema "Noturno", no *Jornal do Commercio*, a 7 de outubro de 1945. Ao ingressar na Faculdade de Direito do Recife, em 1946, liga-se ao grupo de estudantes que retoma, sob a liderança de Hermilo Borba Filho, o Teatro do Estudante de Pernambuco (TEP). Em 1947, escreve sua primeira peça de teatro, a tragédia *Uma Mulher Vestida de Sol*. No ano seguinte, estreia em palco com outra tragédia, *Cantam as Harpas de Sião*, anos depois reescrita sob o título *O Desertor de Princesa* (1958). Ainda estudante de Direito, escreve mais duas peças, *Os Homens de Barro* (1949) e o *Auto de João da Cruz* (1950). Em 1951, já formado, e novamente em Taperoá, para onde vai a fim de curar-se do pulmão, escreve e encena o entremez para mamulengos *Torturas de um Coração*. Esta peça em um ato, seu primeiro trabalho ligado ao cômico, foi escrita e encenada para receber a sua então noiva Zélia de Andrade Lima e alguns familiares seus que o foram visitar. Após *Torturas*, escreve mais uma tragédia, *O Arco Desolado* (1952), para então dedicar-se às comédias que o deixaram famoso: *Auto da Compadecida* (1955), *O Casamento Suspeitoso* (1957), *O Santo e a Porca* (1957), *A Pena e a Lei* (1959) e *Farsa da Boa Preguiça* (1960). A partir da encenação, no Rio de Janeiro, do *Auto da Compadecida*, em janeiro de 1957, durante o "Primeiro Festival de Amadores Nacionais", Suassuna é alçado à condição de um dos nossos maiores dramaturgos. Encenado em diversos países, o *Auto da Compadecida* encontra-se editado em vários idiomas, entre os quais o alemão, o francês, o inglês, o espanhol e o italiano, e recebeu, até hoje, três versões para o cinema. Em 1956, escreve o seu primeiro romance, *A História do Amor de Fernando e Isaura*, que permanecerá inédito até 1994. Também em 1956, inicia carreira docente na Universidade do Recife (depois Universidade Federal de Pernambuco), onde irá lecionar diversas disciplinas ligadas à arte e à cultura até aposentar-se, em 1989. Em 1960, forma-se em Filosofia pela Universidade Católica de Pernambuco. A 18 de outubro de 1970, na condição de diretor do Departamento de Extensão Cultural da Universidade Federal de Pernambuco, lança oficialmente, no Recife, o Movimento Armorial, por ele idealizado para realizar uma arte brasileira erudita a partir da cultura popular. Passa, então, a ser um grande incentivador de jovens talentos, nos mais diversos campos da arte, fundando grupos de música, dança e teatro, atividade que desenvolverá em paralelo ao seu trabalho de escritor e professor, ministrando aulas na universidade e "aulas-espetáculo" por todo o país, sobretudo nos períodos em que ocupa cargos públicos na área da cultura, à frente da Secretaria de Educação e Cultura do Recife (1975-1978) e, em duas ocasiões, da Secretaria de Cultura de Pernambuco (1995-1998 / 2007-2010). Em 1971, é publicado o *Romance d'A Pedra do Reino e o Príncipe do Sangue do Vai-e-Volta*, um longo romance escrito entre 1958 e 1970, e cuja continuação, a *História d'O Rei Degolado nas Caatingas do Sertão — Ao Sol da Onça Caetana*, sairá em livro em 1977. Na primeira metade da década de 1980, lança dois álbuns de "iluminogravuras", pranchas em que procura integrar seu trabalho de poeta ao de artista plástico, contendo sonetos manuscritos e ilustrados, num processo que associa a gravura em offset à pintura sobre papel. Em 1987, com *As Conchambranças de Quaderna*, volta a escrever para teatro, levando ao palco Pedro Dinis Quaderna, o mesmo personagem do seu *Romance d'A Pedra do Reino*. Em 1990, toma posse na Academia Brasileira de Letras, ingressando, depois, nas academias de letras dos estados de Pernambuco (1993) e da Paraíba (2000). Faleceu no Recife, a 23 de julho de 2014, aos 87 anos, pouco tempo depois de concluir um romance ao qual vinha se dedicando havia mais de vinte anos, o *Romance de Dom Pantero no Palco dos Pecadores*.

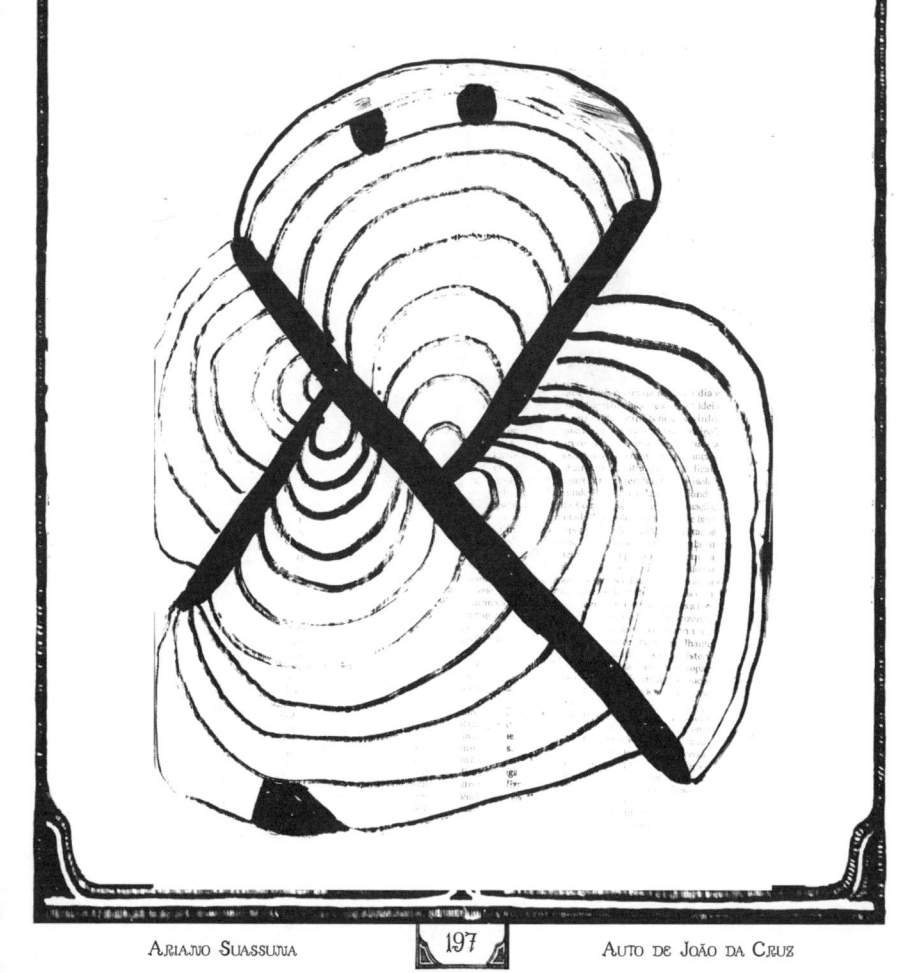

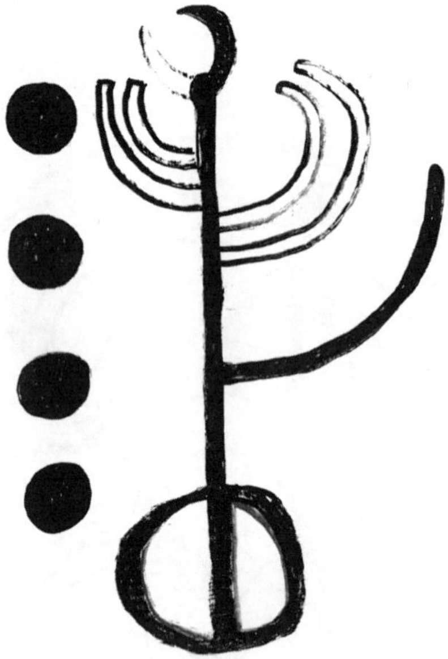

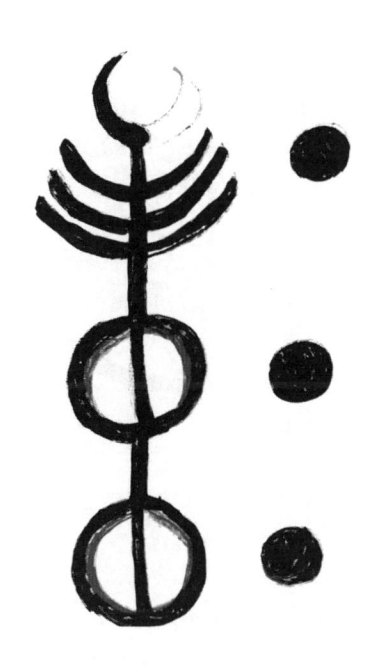

Direção editorial
Daniele Cajueiro

Editora responsável
Janaína Senna

Produção editorial
Adriana Torres
Mariana Bard
Laiane Flores

Fixação de texto
Carlos Newton Júnior
Luís Reis

Revisão
Alessandra Volkert

Direção de arte
Manuel Dantas Suassuna

Reprodução fotográfica das ilustrações
Léo Caldas

Capa e projeto gráfico
Ricardo Gouveia de Melo

Diagramação
Filigrana

Este livro foi impresso em 2021
para a Nova Fronteira.